2 1 DEC. 2018

Gabrielle Lord

Traduit de l'anglais par Ariane Bataille

RAGEOT

Cet ouvrage a été imprimé sur un papier
issu de forêts gérées durablement,
de sources contrôlées.

Couverture : La cidule*grafic/Nathalie Arnau.

Suivi de la série : Claire Billaud et Guylain Desnoues.

ISBN 978-2-7002-3684-2
ISSN 1772-5771

Cet ouvrage a d'abord paru sous le titre *Conspiracy 365 : March*
chez Scholastic Australia Pty Limited en 2010.
Cette édition est publiée avec l'accord de
Scholastic Australia Pty Limited.

© RAGEOT-ÉDITEUR – Paris, 2010-2013, pour la version française.
Loi n° 49-956 du 16-07-1949 sur les publications
destinées à la jeunesse.

À Hana, Jonathan, Liam et Lucy.

*Je m'appelle Cal Ormond,
j'ai quinze ans,
je suis un fugitif...*

Les personnages de mon histoire...

Ma famille : les Ormond

- **Tom** : mon père. Mort d'une maladie inconnue, il a emporté dans la tombe le secret de notre famille qu'il avait découvert en Irlande. Il m'appartient désormais de percer le mystère de la Singularité Ormond grâce aux dessins qu'il m'a légués.
- **Erin** : ma mère. J'aimerais tant lui prouver mon innocence !
- **Gaby** : ma petite sœur, 9 ans. Elle est ce que j'ai de plus cher au monde.
- **Ralf** : mon oncle. Il est le frère jumeau de mon père. Dérouté par son attitude depuis la disparition de ce dernier, je ne peux m'empêcher de me méfier de lui.
- **Bartholomé** : mon grand-oncle. Très âgé, il vit à la campagne. Il a transmis sa passion de l'aviation à mon père. Il détient peut-être des renseignements précieux sur notre famille.

• **Piers** : un jeune homme mort au combat en 1918 pendant la première guerre mondiale. Un vitrail du mausolée de Memorial Park le représente sous les traits de l'ange dessiné par mon père.

Serait-ce lui, l'ange Ormond ?

Les autres

• **Boris** : mon meilleur ami depuis l'école maternelle. Passionné par le bricolage, très ingénieux, c'est un pro de l'informatique. Il est toujours là quand j'ai besoin de lui.

• **Le fou** : je l'ai rencontré la veille du nouvel an. Il m'a parlé le premier de la Singularité Ormond et conseillé de me cacher 365 jours pour survivre.

• **Jennifer Smith** : elle affirme avoir été l'infirmière de mon père. Il lui aurait confié quelque chose pour moi. J'ai manqué nos rendez-vous. Réussirai-je à la recontacter ?

• **Erik Blair** : un collègue de mon père. Il se trouvait en Irlande avec lui et pourrait avoir des renseignements sur son secret.

• **Oriana de Witt** : célèbre avocate criminaliste à la tête d'une bande de gangsters, elle cherche à m'extorquer des informations sur la Singularité Ormond.

• **Kevin** : jeune homme à la solde d'Oriana de Witt.

- **Mon sosie** : qui donc est ce garçon croisé près de la Gare Centrale qui me ressemble comme deux gouttes d'eau ?

- **Vulkan Sligo** : truand notoire, chef d'une bande de malfrats. Il souhaite percer le secret de la Singularité Ormond et me pourchasse sans relâche.

- **Gilet Rouge** : le surnom que j'ai donné à l'un des hommes de main de Vulkan Sligo, car il en porte un. Il est toujours à mes trousses.

- **Winter Frey** : jeune fille belle et étrange. Après la mort de ses parents, Vulkan Sligo est devenu son tuteur. Souhaite-t-elle sincèrement m'aider ou joue-t-elle un double jeu ?

Ce qui m'est arrivé le mois dernier...

1er février

Alors que je vais me noyer dans une cuve à mazout, le couvercle se soulève et la mystérieuse Winter Frey me sauve la vie. Puis elle m'apprend que Vulkan Sligo, celui de mes poursuivants qui m'a fait enfermer dans la cuve, est son tuteur. Comment lui faire confiance?

3 février

Boris me retrouve dans la planque de St Johns Street. Il m'aide à créer un blog pour que je puisse m'expliquer, raconter ma version des faits et laver mon honneur.

9 février

Winter ne répond pas à mes appels. Je décide d'enquêter dans l'entrepôt de voitures avec l'espoir de la retrouver et d'obtenir davantage d'informations. Pendant que je surveille discrètement l'endroit, j'aperçois un ado qui furète entre les voitures à la recherche de pièces détachées. C'est... Winter !

13 février
À force de recherches, je parviens à découvrir la maison où l'on m'a enfermé durant mon enlèvement. Caché dans un arbre, je prends une photo de la femme qui se trouve à l'intérieur – la terrible rousse qui m'a interrogé.

14 février
Près des terrains de basket du quartier de la Gare Centrale, je repère un ado qui est mon portrait craché ! J'essaie de l'aborder mais il s'enfuit comme s'il avait vu un fantôme.

16 février
Boris reconnaît la rousse que j'ai prise en photo : il s'agit d'Oriana de Witt, la célèbre avocate criminaliste. On manque se faire surprendre par Ralf, en grande discussion avec un notaire au Burger Bar. J'apprends ainsi qu'il veut mettre sa maison au nom de ma mère pour assurer sa sécurité financière. Me serais-je trompé sur son compte ?

19 février
Mon nouveau squat, un collecteur d'eaux pluviales, est inondé après un violent orage. Le courant m'emporte. Il s'en faut de peu que je ne perde tous les dessins de mon père.

20 et 21 février

J'essaie de joindre par téléphone Erik Blair, un collègue de mon père, mais il est en congé maladie. Finalement, Winter m'appelle et m'emmène à Memorial Park afin de me montrer sa découverte. Éclairé par la lune, un vitrail du mausolée – monument dédié à la mémoire de Piers Ormond – représente exactement le même ange que celui du dessin de mon père.

28 février

Attaqué par un lion après m'être introduit dans le zoo pour rencontrer Jennifer Smith, je réussis à m'échapper, mais Gilet Rouge me pourchasse jusque dans un tunnel ferroviaire. Je fais semblant de tomber, lui plante une seringue anesthésiante dans le cou et m'enfuis. Le grondement d'un train qui arrive m'oblige à retourner sur mes pas : je ne peux pas laisser mon poursuivant inconscient sur les rails. Après l'avoir tiré sur le bas-côté, je trébuche. Mon pied reste coincé. Je suis pris au piège et le train fonce sur moi…

MARS

1er mars
J –306

Gare souterraine
Liberty Square
Richmond, Australie

20:22

Le monde tremblait et grondait, des formes mouvantes se ruaient sur moi en tourbillonnant. Je ne pouvais pas bouger. Quelque chose, quelque part, me faisait très mal.

Le train monstrueusement déformé fonçait dans ma direction. Il allait m'anéantir, me hacher en morceaux d'une seconde à l'autre...

Était-ce un rêve ou la réalité ?

J'étais immobilisé sur les rails, comme si l'on m'avait attaché ou cloué sur place.

Mais où était le train ? Quand donc se produirait cette horrible collision ?

Étais-je déjà mort ?

Il arrive parfois que des gens se voient de l'extérieur, qu'ils puissent contempler d'en haut leur corps agonisant sur une table d'opération ou bloqué dans une voiture accidentée. Moi, j'avais plutôt l'impression d'avoir été entraîné dans des profondeurs insondables.

Ce devait être un cauchemar... J'avais beau tenter désespérément de remuer, mes mouvements étaient d'une lenteur épouvantable, comme dans un mauvais rêve.

Que se passait-il ?

20:30

_____

J'ai ouvert les yeux.

J'étais allongé sur le dos.

Il n'y avait pas de train. Pas de voie de chemin de fer ! La locomotive sur le point de me broyer sous sa masse hurlante avait disparu, ainsi que les rails et le tunnel lugubre à la lumière bleue ! Combien de temps étais-je resté évanoui ?

Je me trouvais dans un réduit sombre et inquiétant. J'ai cherché à me redresser, mais quelque chose m'en empêchait. Paniqué, j'ai lancé des coups de pied pour me dégager. Une vague de douleur a traversé ma jambe.

La blessure infligée par le lion ! J'avais sans doute perdu beaucoup de sang !

Alors j'ai eu l'impression qu'il s'était écoulé des heures depuis ma fuite sur la voie ferrée...

J'ai secoué la tête, en essayant de reprendre mes esprits, puis j'ai observé ce qui m'entourait.

Une faible lampe grillagée suspendue au plafond en ciment éclairait plusieurs puits s'ouvrant à droite et à gauche.

Presque en face de moi se trouvait un énorme volant métallique, dans le genre de ceux qui servent à fermer et bloquer les conduites d'eau ou de gaz. Au-dessus de ce volant, quatre gros tuyaux couraient sur toute la longueur du mur. J'avais dû atterrir dans une sorte de station de pompage.

J'étais allongé à quelques centimètres du sol, le corps étroitement enveloppé dans une vieille couverture grise de l'armée. Comment étais-je arrivé jusqu'ici ? Mon cerveau embrumé ne me permettait pas d'imaginer par quel tour de passe-passe le train m'avait épargné, ni pourquoi je me retrouvais dans cet endroit sombre, froid et humide.

Découragé, j'ai laissé retomber ma tête. Je ne voyais qu'une explication : on m'avait enlevé et enfermé dans ce cachot. Vulkan Sligo et sa petite espionne menteuse, Winter, avaient réussi à remettre la main sur moi. Je n'avais échappé au train que pour être capturé, une fois de plus, et jeté dans cette cellule.

Dans un flash, j'ai revu mon pied chaussé d'une des grosses bottes que j'avais empruntées au zoo bloqué sous les rails. J'étais immobilisé, le train fonçait sur moi...

Les freins serrés à fond que j'entendais crisser sur le métal n'arrêteraient jamais la locomotive à temps. À l'instant où elle était sur le point de m'écraser, j'avais eu la certitude que je ne reverrais plus jamais ma famille ni mes amis. Et que je mourrais sans avoir percé le mystère de la Singularité Ormond.

Puis il y avait eu un grand cri et juste avant le choc le monde avait paru s'ouvrir sous moi, j'avais basculé dans un trou noir avec la sensation terrifiante d'être englouti par les ténèbres béantes de la terre.

Une idée atroce m'a alors traversé l'esprit. Et si je n'avais *pas* échappé au train ? S'il m'avait sectionné les deux jambes ? J'avais peut-être repris connaissance dans le lit d'hôpital d'une prison ?

Épouvanté, j'ai repoussé la couverture grise qui m'étouffait.

Soulagé, j'ai constaté que j'avais toujours mes deux jambes !

Remuer les orteils m'a fait grimacer de douleur. Je me suis assis pour mieux voir : ma blessure avait été nettoyée et recouverte d'un pansement transparent qui laissait deviner des points de suture récents.

Quelqu'un avait recousu ma plaie et m'avait enveloppé dans cette couverture ! Jamais Sligo n'aurait pris cette peine pour moi. Mais alors, qui ?

Je n'y comprenais rien.

J'ai senti la douleur se réveiller dans ma jambe; elle m'élançait. Je me suis obligé à respirer calmement. J'étais vivant. C'était déjà une bonne nouvelle, même si je ne dominais pas la situation.

Mes souvenirs ont peu à peu commencé à se préciser. Le sol sous mon corps, la grille métallique qui bloquait mon pied, cédant sous mes gesticulations désespérées. J'étais tombé dans un trou, et quelqu'un m'avait rattrapé. Des bras inconnus m'avaient soutenu fermement à la seconde où le train était passé au-dessus de nos têtes dans un effroyable grondement de tonnerre.

21:01

Soudain un bruit de pas traînants a retenti, j'ai voulu demander :

« Qui est là ? »

Je n'ai réussi qu'à pousser un croassement rauque. Réunissant mes maigres forces, je me suis redressé.

Sur le mur d'en face, un mouvement a attiré mon attention.

– Qui est là ? ai-je articulé.

Je redoutais ce que j'allais découvrir.

Le visage de l'inconnu restait tapi dans l'ombre, mais son corps dégingandé donnait l'impression d'être perdu à l'intérieur d'un costume vert foncé quatre fois trop grand. Il portait une cravate. Tous mes muscles se sont tendus lorsqu'il s'est approché de moi. Il était voûté, avec des cheveux blonds hirsutes et des yeux globuleux, aussi ronds que ceux d'un opossum.

– C'est vous qui avez fait ça ? ai-je lancé en désignant ma jambe recousue.

– Oui. Personne d'autre.

Il a déroulé une trousse de toile et exhibé une série d'instruments médicaux étincelants alignés à la perfection.

– Tu désires que je procède à une autre intervention chirurgicale pendant que j'ai mes outils à portée de main ? Même mineure ? J'ai tout ce qu'il faut. Tu n'as pas idée de ce que les gens peuvent oublier dans les trains. Chez moi, je possède une bibliothèque entière sur la microchirurgie. Tu ne désires vraiment pas que je t'enlève ou te recouse quoi que ce soit ?

– Non, me suis-je empressé de répondre tout en prenant la précaution d'éloigner de lui ma jambe blessée. Merci de m'avoir soigné. Merci beaucoup.

Je me suis passé une main dans les cheveux en poussant un soupir. Pourvu que ce type bizarre ne me veuille pas de mal.

– Je ne me souviens de rien, sauf que je suis tombé sous les rails juste au moment où le train allait m'écraser.

– Comme si tu plongeais en enfer ? a gloussé l'homme.

Avec délicatesse, il a chassé une poussière qui venait de se poser sur sa panoplie d'instruments chirurgicaux, avant de replier lentement leur housse.

– J'ai cru comprendre que tu avais un léger problème, a-t-il confirmé. Tu as eu de la chance que ton pied se soit coincé contre une des grilles d'égout. Sinon je n'aurais pas pu t'aider…

– Une grille d'égout ? ai-je répété en me remémorant le treillis métallique près de mon pied sous les rails.

Il a hoché la tête vigoureusement. Une mèche de cheveux fins s'est redressée sur son crâne comme une crête de cacatoès.

– Mais oui, il existe des égouts gigantesques sous toutes les voies souterraines de chemin de fer. Si la pluie n'était pas récupérée par ce système de drainage, elle s'accumulerait dans les tunnels et les noierait. L'eau est stockée dans d'immenses réservoirs. Quand ils sont remplis, on la pompe pour l'évacuer vers les égouts de la ville.

L'homme a marqué une pause et m'a dévisagé comme pour s'assurer que je l'écoutais bien.

– Je t'ai entendu courir sur la voie. Tu as trébuché en essayant de pousser le grand costaud à côté des rails. J'ai vite compris que tu t'étais coincé le pied. Malgré les quelques secondes dont je disposais, j'ai réussi à arracher la grille d'égout… Tu es tombé avec elle, je t'ai rattrapé, et voilà.

L'air très satisfait de lui, il souriait avec fierté.

– Nous nous trouvons dans l'un des tunnels de liaison entre les différents réservoirs de stockage. Ils ne sont pas souvent inspectés, tous les trois mois environ. Le reste du temps, ils sont libres et ouverts à la circulation – c'est-à-dire à ma disposition.

– Et personne ne nous a vus ? ai-je demandé avec inquiétude.

À nouveau, il a secoué la tête énergiquement. Cette fois, un petit nuage de poussière s'est envolé dans un pâle rayon de lumière.

J'ai senti des larmes de soulagement me monter aux yeux, je ne parvenais pas à réaliser ce qui m'était arrivé.

– Vous m'avez sauvé la vie. Si vous ne m'aviez pas secouru, je serais dans le même état que ma botte qui est restée là-haut : sur les rails, complètement écrabouillée.

– Allons, allons, ne t'emballe pas. Pas question que tu te fasses écraser juste au-dessus de ma tête. Je risquerais d'être dérangé par la police et les sauveteurs se pointeraient avec leurs groupes électrogènes, leurs projecteurs, les ambulanciers et tout le tintouin. Et puis je préfère que les bleus ne s'approchent pas trop de cet égout, ni de certains tunnels qui conduisent chez moi.

– Les bleus ?

– La police des chemins de fer. Ils portent un uniforme bleu comme les flics. Ils te cherchaient dans les moindres recoins.

« Il sait sans doute qui je suis », ai-je pensé.

– Un de ces tunnels mène chez moi, a-t-il précisé en tendant le doigt vers les ténèbres. Deux, en fait, si je compte celui qui est bloqué par un éboulement. En temps normal, c'est par là que je t'aurais emmené.

– Quoi ? M'emmener où ?

Je n'avais pas l'intention de suivre ce type.

Il a ignoré ma question.

– Pour le moment, il est dangereux d'emprunter les tunnels. Au cas où les bleus y traîneraient encore.

J'étais d'accord avec lui sur ce point.

– On a eu de la chance. Ils te traquaient vraiment partout. Ils pensaient te récupérer comme une crêpe sur les rails.

Te récupérer comme une crêpe sur les rails.

Ses paroles m'ont frappé de plein fouet. Mon cœur a cogné dans ma poitrine.

Décidément, je l'avais échappé belle ! J'étais bien vivant, grâce à cet étrange individu en costume vert.

– Depuis combien de temps je suis là ?

– Tu es resté K-O un bon moment. En fait, tu as dormi toute la journée.

J'étais à la fois soulagé d'avoir trouvé refuge loin de Gilet Rouge et déçu par Winter Frey. Elle m'avait piégé. Elle m'avait raconté des histoires dans le seul but de découvrir où je me terrais. Je n'étais pas certain d'avoir aperçu un passager à l'arrière de la Subaru noire – toute mon attention s'était concentrée sur le conducteur qui en sortait pour me foncer dessus – mais Gilet Rouge avait surgi quelques secondes seulement après le coup de téléphone de Winter, et il avait failli réussir à nous attraper, moi et mon sac à dos.

Mon sac à dos !

Paniqué, je me suis redressé. Je l'avais perdu.

– Ne t'inquiète pas. Si c'est ton sac que tu cherches, il est là, contre le mur.

J'ai poussé un soupir de soulagement.

– Que signifient ces dessins ? J'espère que tu ne m'en voudras pas de les avoir regardés.

– Tant qu'ils sont là… J'y attache beaucoup d'importance : ce sont des dessins que mon père a réalisés juste avant de mourir.

– Et où comptais-tu aller en suivant la voie de chemin de fer ? Droit vers la mort ?

Il a plissé ses yeux globuleux.

– Tu ne cherchais pas un objet perdu par hasard ?

– Un objet perdu ? Non, je cherchais à sauver ma peau. À échapper aux gens qui me poursuivent.

– Ah oui, a-t-il fait en hochant la tête. J'ai vu ce grand costaud te prendre en chasse. Pas évident. Je sais ce qu'on ressent dans ces moments-là.

Les battements de mon cœur retrouvaient un rythme normal. Mis à part l'épisode Winter, je commençais à me sentir un peu mieux.

J'avais réussi à me débarrasser de Gilet Rouge, et les dessins étaient toujours en sûreté dans mon sac à dos. Pour l'instant j'étais tiré d'affaire et je pouvais me concentrer à nouveau sur le Dangereux Mystère des Ormond. Le DMO.

– Il ne faut surtout pas qu'il me rattrape. Ni lui ni un autre. Ni la police ni personne. Je dois sortir d'ici. Si je suis capturé, c'est fichu.

– Alors on est deux ! a répliqué l'homme en gloussant. Moi non plus je ne peux pas me permettre d'être pris. Voilà pourquoi on doit rester cachés ici.

Que ce type m'ait aidé afin de préserver le secret de son repaire m'énervait. Pourtant, je lui devais une fière chandelle. Mais à quoi bon avoir échappé à un train lancé à pleine vitesse si les autorités mettaient la main sur moi ?

– Et si les bleus descendent dans ce tunnel ?

– C'est pour ne pas croiser leur chemin que nous devons partir. Ils ont passé la journée à parcourir les égouts environnants ; il faut à tout prix éviter qu'ils nous trouvent ici.

– Et où aller ? ai-je demandé.

– Tu arriveras à tenir debout ?

– Je n'ai pas le choix, ai-je répondu en me redressant et en prenant appui avec précaution sur ma jambe blessée.

Je me sentais un peu chancelant mais capable de marcher.

– Bravo ! Récupère tes affaires et en avant.

– Je passe le premier. Tu me suis, a-t-il ordonné. Il y a des pitons en fer plantés dans la pierre, jusqu'au sommet du puits. Certains sont rouillés et descellés. Alors regarde attentivement où je pose les mains et les pieds.

Il a entrepris l'ascension en testant chaque piton métallique avant de s'y cramponner. On aurait dit une araignée, agile et légère, grimpant sur un mur.

– Où on va exactement? ai-je voulu savoir.

– Chez moi. En haut du puits, a-t-il répondu en désignant une ouverture sombre dans le plafond de la station de pompage.

C'était peut-être une bonne idée de rester caché en compagnie de ce type pendant un moment et, de toute façon, je n'avais pas d'autre option. Je l'ai suivi dans son escalade en observant et en imitant ses moindres mouvements.

Mon sac à dos me gênait et rendait l'ascension difficile. Tout en tentant d'ignorer la douleur qui me vrillait la jambe, je progressais aussi vite que possible. Pourtant, malgré la clarté plus vive au fur et à mesure que nous approchions de l'ouverture, je me laissais distancer. J'avais peur de perdre de vue mon guide mystérieux.

J'espérais qu'il m'attendrait. Sans lui je risquais de me précipiter dans les bras des policiers du chemin de fer ou des autorités…

La clarté est devenue plus intense. Je me suis rendu compte, tout à coup, que c'était celle de la nuit étoilée.

Parvenu au sommet du puits, j'ai prudemment passé la tête dehors pour inspecter les alentours. Je me trouvais dans une cour poussiéreuse envahie de mauvaises herbes. À une vingtaine de mètres, une ampoule brillait près de l'entrée d'un énorme tunnel condamné par des barreaux de fer. Elle m'a rappelé celle du grand collecteur d'eaux pluviales donnant sur l'océan dans lequel j'avais failli me noyer, quelques jours plus tôt.

Ma jambe me faisait toujours aussi mal mais j'essayais de ne pas y penser. Je me suis concentré sur l'endroit où je me trouvais. Un ensemble de bâtiments décrépits se dressaient un peu plus loin, adossés à une paroi rocheuse, ainsi que deux ou trois wagons de chemin de fer délabrés, des pièces de moteur rouillées, des roues, des essieux.

L'homme au costume vert avait disparu.

J'ai éprouvé un bref sentiment de découragement en me découvrant à nouveau seul. Il avait dû réfléchir et choisir de m'abandonner avant que je n'apprenne son nom. Impossible de lui en vouloir, il avait déjà fait beaucoup pour moi. Maintenant, je devais me débrouiller.

J'aurais dû être habitué à la solitude. Et pourtant...

Bon, il me fallait localiser sans tarder la sortie de ce vieil entrepôt ferroviaire et rejoindre un lieu sûr.

23:40

La nuit était bien avancée. De mon poste d'observation, les rues qui bordaient les bâtiments semblaient désertes.

La moitié du corps toujours à l'intérieur du puits, j'ai continué à scruter les environs, ne perdant pas l'espoir d'apercevoir mon sauveur.

Quand je me suis tourné vers la paroi rocheuse, à proximité du plus grand des bâtiments, mon attention a été attirée par trois gros meubles de bureau gris métallisé très vétustes qui avaient à peu près la taille d'un homme – on aurait dit d'étroites armoires vides abandonnées.

C'est alors que j'ai entendu sa voix.

– Par ici, petit.

L'homme au costume vert me faisait signe de l'intérieur d'une armoire dont la porte était ouverte. Il était tassé entre les cloisons et ses yeux brillants d'excitation ressortaient sur son visage maigre.

– Viens !

Ce type était complètement cinglé !

Dans la lumière froide de la cour, je me suis rendu compte que son costume était défraîchi, que sa cravate donnait l'impression de sortir du coffre à déguisements de Gaby et que sa veste râpée, beaucoup trop large pour lui, pendait sur ses épaules alors que les manches trop courtes découvraient ses poignets. S'il était aussi fou qu'il en avait l'air, il était capable de m'enfermer dans l'un de ces meubles...

J'ai rampé hors du puits en traînant la jambe : ma cheville enflée me lançait et les points de suture tiraient sur ma peau. J'ai fixé mon sac sur une épaule et je me suis relevé avec précaution.

Le hurlement strident d'une sirène a failli me faire retomber au fond du puits. Accroupi, j'ai attendu que la voiture de police s'éloigne.

Décidément, il était temps de décamper. Je ne pouvais pas me permettre de traîner plus longtemps avec un dingue qui se planquait dans une armoire ouverte. Les policiers pouvaient débarquer à tout moment.

Malgré mes jambes flageolantes, j'avais les nerfs à fleur de peau et je me sentais animé par l'énergie du désespoir.

Je devais traverser la cour et gagner la rue sans me faire remarquer. Une deuxième voiture de police qui longeait la clôture de l'entrepôt m'a obligé à m'accroupir de nouveau.

– Qu'est-ce que tu fabriques ? a crié mon compagnon. Viens ici ! Tu pourras te cacher.

« C'est ça, ai-je pensé. Debout dans une armoire, au vu de tout le monde – super cachette ! »

– Merci pour tout, mais il faut que je file.

J'allais ramper en direction des vieux bâtiments quand mon regard m'a fait douter de ma propre santé mentale.

J'ai cligné plusieurs fois des yeux sans y croire.

L'homme au costume vert n'était plus dans l'armoire métallique ! Il avait disparu ! Bel et bien disparu ! Envolé ! Il était là et la seconde d'après... plus personne !

Je ne comprenais pas où il s'était éclipsé. À cet instant, une troisième voiture de police, sirène hurlante, gyrophare allumé, est passée en trombe dans la rue, juste de l'autre côté du grillage rouillé. Une autre la suivait, puis une autre encore. La meute était lâchée... après une proie qui m'était on ne peut plus familière.

Si un individu avait besoin de disparaître, c'était moi.

Sous les hurlements des sirènes qui déchiraient la nuit, j'ai foncé, tête baissée, d'une démarche de crabe, jusqu'à l'endroit où mon compagnon avait disparu.

– Hé ! Où êtes-vous ?

Il a soudain réapparu à l'intérieur de l'armoire. Un vrai tour de magie ! Avant que j'aie saisi quoi que ce soit, un bruit m'a alerté. À une centaine de mètres, un groupe de bleus approchait ; les faisceaux de leurs torches électriques balayaient l'obscurité devant eux. Ils fouillaient les bâtiments. D'une seconde à l'autre, ils seraient sur nous.

– Regarde ! a ordonné l'homme au costume.

Il a appuyé son dos contre le fond de l'armoire qui s'est ouverte derrière lui comme une porte, et a disparu dans l'ouverture. Aussitôt, la paroi métallique s'est remise en place avec un claquement sec.

J'avais à nouveau un meuble vide devant les yeux ! Incroyable !

Le fond s'est entrouvert ; mon compagnon a réapparu. Une porte secrète ! Comme dans les films !

– Ne reste pas planté là !

Je me suis relevé et j'ai reproduit son geste en poussant le fond du meuble avec mon dos. Lorsque je l'ai senti céder derrière moi, j'ai reculé pour me glisser dans l'ouverture. La paroi s'est rabattue toute seule.

J'avais basculé dans un autre monde ! L'armoire dissimulait une cave taillée dans la pierre. Ébahi, j'ai étudié la porte pour en saisir le mécanisme. Le type avait dû remplacer le fond du meuble par une porte à ressort qui se refermait automatiquement. Puis il avait placé l'armoire ainsi trafiquée de façon à cacher l'entrée de la cave où nous nous trouvions !

Pourtant, de l'extérieur, elle ne présentait aucune différence avec les deux autres armoires qui rouillaient au gré des intempéries.

Sortant un avant-bras maigre de sa veste aux manches trop courtes, l'homme m'a serré la main :

– Bienvenue au royaume du Dépravé !

2 mars
J –305

Le repaire de Dep

00:01

_____

– Au royaume du quoi?

– Du Dépravé. Un juge m'a donné ce nom un jour. Ça signifie que je suis dénué de tout sens moral. Un sale type.

Il a haussé les épaules, l'air de dire qu'il s'en fichait.

– Tu peux m'appeler Dep.

J'ai serré sa main décharnée.

– OK, Dep.

Nous nous trouvions dans une pièce dont la surface devait représenter le double de celle de ma chambre dans la maison de Richmond.

Elle était meublée comme mon squat à St Johns Street, avec des objets dignes du

39

rebut : une table de guingois rayée, des tapis usés bariolés jetés sur le sol de pierre.

Dans un coin gisait un vieux canapé-lit enfoui sous un amas de couvertures, à côté d'une longue bibliothèque bancale fabriquée avec des planches gondolées par l'humidité.

Dans la pénombre, je devinais que la moindre surface plane était encombrée d'accessoires étranges, de caisses débordant d'outils, de liasses de documents retenus par de multiples ficelles. Partout s'élevaient des piles de cartons entassés pêle-mêle.

Un vrombissement continu émanait de deux ventilateurs électriques vétustes installés contre le mur du fond.

Dep se déplaçait avec aisance dans l'espace restreint ménagé entre les piles de livres et de boîtes, tout en caressant de ses doigts aussi fins que les pattes d'une araignée les objets qui l'entouraient.

Sur les étagères en bois qui couraient le long des parois s'amoncelaient livres, dossiers et boîtes en fer.

Trois banquettes de train disposées en angle constituaient le coin salon, éclairé par une ampoule blafarde pendue au bout d'un fil électrique dénudé.

Dep avait tendu une corde entre le sommet d'un meuble de rangement et un crochet rivé au-dessus de la porte secrète. Du linge grisâtre et un drap y séchaient, séparant le reste de la cave de la salle de bains – une douche minuscule et des toilettes.

00:05

Dans mon dos, Dep a poussé un énorme coffre devant l'étroit passage par lequel nous étions entrés.

– Voilà, a-t-il soufflé en se frottant les mains d'un air satisfait. La porte est bloquée. On est à l'abri. Eh bien, qu'est-ce que tu en penses ?

Il rayonnait de fierté.

– C'est cool.

Au même instant a retenti, au-dessus de ma tête, un bruit de mécanisme à ressort suivi d'un cliquetis. Levant les yeux, j'ai vu, sur le mur, les minuscules doubles portes de deux pendules à coucou s'ouvrir et deux petits oiseaux sculptés dans du bois en jaillir pour se mettre à chanter. Leurs ailes claquaient en cadence.

… 10, 11, 12, ai-je compté mentalement. Il devait être minuit. Mais l'un des coucous a continué : 13, 14, 15, 16, 17, jusqu'à ce que Dep tende le bras pour lui donner une chiquenaude. Aussitôt, le petit oiseau est rentré dans son chalet et les portes se sont refermées.

– Il est fou, ce coucou, a-t-il marmonné. Faudra que je le répare un jour.

Ce type m'étonnait de plus en plus. J'avais envie d'en savoir davantage sur la vie qu'il menait dans cette planque. Maintenant que j'avais eu l'occasion de l'observer, je me rendais compte que, malgré sa maigreur, Dep était un coriace. Ses yeux globuleux, qui dévoraient son visage étroit et ridé, avaient dû être les témoins de beaucoup de choses au fil du temps, et sûrement pas des plus agréables.

00:10

Une boîte de biscuits sur la table bancale a attiré mon attention ; même ma jambe doulou-reuse ne réussissait pas à me faire oublier à quel point j'avais faim.

Vidé de mes forces, j'ai dû m'asseoir. Je me sentais faible et tremblant.

– Sers-toi, a proposé Dep.

J'ai attrapé la boîte et pris quelques gâteaux que je me suis dépêché d'engloutir. Ils étaient complètement rassis. Je les ai mangés trop vite et j'ai eu envie de vomir.

Dep a tiré une chaise près de la table pour s'asseoir en face de moi.

– La plaie de ta jambe n'est pas très belle. Une chance que je dispose d'une bonne pharmacie.

Comme je n'avais pas envie de raconter mon expédition peu glorieuse au zoo, je me suis contenté de dire :

– J'étais déjà blessé quand je me suis retrouvé coincé sur les rails. Ça a rouvert la plaie.

Dep a éclaté d'un rire sinistre en rejetant la tête en arrière.

Qu'est-ce qu'il y avait de drôle ? Ce type était franchement bizarre. Interloqué, je l'ai regardé replier ses doigts jusqu'à former deux pattes griffues, les lever en l'air et bondir sur moi en rugissant. Je suis tombé de ma chaise en voulant l'esquiver tandis qu'il éclatait à nouveau de rire.

J'ai soudain compris qu'il imitait l'attaque d'un lion.

– Vous savez qui je suis, je suppose, ai-je dit, toujours à terre.

– Je ne t'aurais jamais dévoilé ma planque si tu n'avais pas été toi aussi un fugitif. Sinon, comment être sûr que tu ne vendras pas la mèche ?

Il s'est levé et a rajusté sa veste.

– Bon, voyons ce que nous avons côté chaussures dans la collection.

Il a prononcé ces deux derniers mots comme s'il parlait d'un monument sacré ou d'un trésor secret.

– La collection ? ai-je répété en me remettant péniblement debout.

– Sur les étagères, le sol, les tables, aux murs, sous le lit… il y a ma collection. Tu n'imagines pas tout ce qu'on trouve dans les trains. Quelque part dans un coin, il y a même un squelette, sans doute oublié par un étudiant en médecine... Tu te rends compte, oublier un squelette dans un train !

Il s'est esclaffé bruyamment en renversant la tête en arrière.

– À moins qu'il ne s'agisse du squelette d'un voyageur qui n'arrivait pas à décider dans quelle gare il devait descendre ! Je possède des tonnes de choses en parfait état. Y compris des chaussures. Tu ne risques pas d'aller loin avec une seule botte.

J'ai regardé mes pieds : l'un dans une botte en caoutchouc trop grande et l'autre nu, enflé, crasseux.

Dep s'est mis à fouiller dans un immense sac-poubelle en plastique et à lancer pêle-mêle dans ma direction des chaussures de ville et des baskets.

– Jette un coup d'œil à celles-ci. Je les ai trouvées dans les trains. Chaussures mais aussi habits, parapluies, stylos, crayons, œuvres d'art, lunettes, dossiers, documents, téléphones, cartes... Quel que soit l'objet que tu cherches, quelqu'un en a forcément perdu un, un jour. Et s'il l'a abandonné dans un wagon ou sur un quai, il figure dans ma collection privée.

– Et ce tableau ? ai-je demandé en montrant une superbe peinture représentant une vue ancienne du port.

Autour de la baie, de jolies maisons étaient blotties dans une épaisse forêt. De la fumée sortait des cheminées. Des nuages blancs floconneux se reflétaient sur la mer dont la surface bleue et lisse n'était troublée que par le sillage d'un steamer.

– Oublié sur une banquette. Enveloppé dans du papier kraft. Il me plaît tellement que je l'ai accroché au mur. Ça me rappelle la vie à l'air libre.

Il a marqué une pause et ajouté :

– Enfin, les bons côtés de la vie à l'air libre.

Je comprenais ce qu'il voulait dire.

– C'est incroyable, ai-je lancé. Jusqu'à la mort de mon père, avant que je devienne un fugitif, je ne m'étais jamais rendu compte à quel point ces « bons côtés » étaient super.

– Parfois, les employés laissent le dépôt des objets trouvés sans surveillance, a continué Dep. Ils sortent fumer une clope – sale habitude à mon avis. Moi, j'en profite pour y jeter un coup d'œil. Voir si je peux enrichir ma collection.

« Boris et lui s'entendraient bien », ai-je pensé. Deux fanatiques adorant récupérer des trucs perdus ou abandonnés pour leur donner une nouvelle existence.

Parmi les chaussures qui avaient atterri à côté de moi, j'ai déniché une paire de baskets quasi neuves et à ma pointure.

– Prends-les. Je ne les ai jamais mises.

– Merci, ai-je dit, tout content. Et ça, c'est aussi pour moi ?

J'avais ramassé plusieurs portefeuilles et des cartes de transport pour le bus scolaire.

– Sers-toi. Je peux difficilement me faire passer pour un lycéen ! a-t-il gloussé.

Une lueur amusée brillait dans ses yeux ronds.

– Sers-toi autant que tu veux. Tu devrais prendre ces trucs. Ils explosent avec un très joli bruit. Tu aimes les feux d'artifice ?

Il me tendait des objets en métal qui ressemblaient à des vis géantes.

– Des feux d'artifice ? Je croyais qu'on les avait interdits parce qu'ils étaient dangereux. Des enfants ont eu les mains arrachées en jouant avec ça, non ?

– Ce sont des détonateurs. Des explosifs. Quand les cheminots travaillent sur les voies ferrées, ils placent ces charges à un kilomètre environ derrière eux. Dès qu'un train roule dessus, ça explose avec un bruit terrible ; le conducteur sait alors qu'il doit ralentir.

Dep s'est mis à danser dans la pièce en agitant les détonateurs.

– Hé, attention ! me suis-je écrié. Si jamais vous en lâchez un, les bleus vont rappliquer.

Je les ai pris pour les ranger en lieu sûr, au fond de mon sac à dos.

– Maintenant, tu as intérêt à manipuler ton sac avec délicatesse, sinon il partira en fumée !

Cette idée lui a semblé si hilarante qu'il s'est plié en deux de rire. Mais un bruit venu de l'extérieur l'a aussitôt calmé.

Les policiers du chemin de fer approchaient, ils s'interpellaient juste de l'autre côté de la mince paroi métallique de l'armoire. J'ai agrippé la table. Je ne pensais pas qu'ils pouvaient nous entendre, pourtant j'ai retenu mon souffle jusqu'à ce que, lentement, les bruits finissent par s'éloigner.

Nous étions saufs… pour l'instant.

11:41

Je me rappelle vaguement m'être écroulé de sommeil sur ma chaise, à la fois soulagé et épuisé. Quand je me suis réveillé, j'étais allongé en travers d'un petit lit de fortune. Je me sentais bizarre – hagard, exténué.

– Je te croyais mort ! a lancé Dep en retirant sa cravate d'un geste désinvolte pour la suspendre à un crochet. Tu as dormi des heures. Tu veux manger un morceau ?

Il était attablé devant deux barquettes vidées de leur contenu.

Je me suis alors rendu compte que l'air embaumait les épices. L'odeur m'a ouvert l'appétit. Un appétit d'ogre !

– Je suis allé chercher des provisions ce matin. Je t'en ai gardé un peu.

Il a sorti une barquette d'une glacière miniature.

– Tiens, ça vient du resto indien. Des légumes au curry, ça te tente ?

– Merci, ai-je dit en salivant déjà.

Et j'ai quitté mon lit pour me mettre à table.

12:13

Je n'avais pas appris grand-chose sur mon nouveau compagnon depuis qu'il m'avait sauvé. Toutefois, à présent, il paraissait décidé à se livrer davantage. Le temps de finir mon déjeuner, je connaissais une bonne partie de l'histoire de sa vie.

Je savais qu'il avait été un serrurier très talentueux, un maître d'arts martiaux – ceinture noire, il avait failli remporter un championnat à Singapour quelques années plus tôt –, et que ses affaires marchaient bien jusqu'à ce que certaines décisions malheureuses le conduisent à la faillite.

– Quand la chance te tourne le dos, tu commences à fréquenter des gens différents. Des gens peu recommandables. Résultat, j'ai tout perdu... Ou plutôt j'ai récolté un casier judiciaire et fait un séjour derrière les barreaux. Enfin, maintenant au moins, je me suis acheté une conduite. Et j'essaie de m'y tenir.

Son visage maigre s'est voilé de tristesse un court instant avant de retrouver son expression paisible.

– Heureusement, je possède un don, m'a-t-il confié avec un large sourire. Je suis capable de trouver la combinaison chiffrée de n'importe quelle serrure. Sur les coffres-forts anciens, mes doigts *sentent* les bons numéros. C'est comme jouer d'un instrument de musique. Avant, lorsque les gens oubliaient leur code, ils m'appelaient. Je testais les touches jusqu'à ce que mes doigts me renseignent sur les chiffres qui avaient été utilisés. Et j'étais très bien payé.

Tandis que Dep me parlait de son don, ses doigts se déplaçaient avec une sorte de frénésie sur la table. On aurait dit qu'ils rejouaient leur rôle tout seuls.

Après un court silence, il a repris :

– Évidemment, je ne suis plus l'athlète que j'étais au moment du championnat de Singapour, mais je suis encore capable de me battre. Je suis resté aussi souple et rapide que par le passé.

– Et cet endroit ? ai-je demandé en désignant la cave. Comment connaissiez-vous l'existence des puits et de la station de pompage du tunnel ?

– Un vieil homme m'en a parlé à l'époque où je vivais dans la rue. Il existe des dizaines de tunnels, de salles, de trous, d'égouts, de puits d'aération, dans les sous-sols de la ville. Certains ne servent plus, d'autres n'ont jamais été exploités, ils sont simplement abandonnés. Alors, quand j'ai eu besoin de me cacher...

Il a détourné un instant les yeux. Lorsqu'il m'a fixé à nouveau, ils s'étaient assombris.

– Il y a quelques années, un criminel très dangereux me recherchait. J'ai été obligé de me dissimuler ici. Il ne fallait pas qu'il me trouve. Cet individu a la détestable habitude de couper les orteils des gens, ce n'est vraiment pas un gentleman.

– Murray Durham, dit Coupe-orteils ! me suis-je écrié, sidéré que Dep ait été la cible d'un tel truand. J'ai entendu parler de lui !

Il s'est tapoté le nez avec un doigt.

– J'ai tout de suite compris que tu étais un fugitif, comme moi, quand je t'ai rencontré. Et tu es certainement la dernière personne qui irait me dénoncer à la police.

J'ai hoché la tête mais tout se mélangeait dans mon cerveau : les deux bandes de gangsters à mes trousses, la police qui me considérait comme un criminel et me traquait, l'obligation de survivre pendant plus de trois cents jours tandis que ma petite sœur Gaby dépérissait dans un lit d'hôpital.

Je me sentais seul. J'avais peur. Je ne comprenais rien à ma situation.

Même ce qui m'arrivait maintenant me paraissait irréel et bizarre. Et si j'étais en train de perdre la tête ? Les journaux et la télé avaient peut-être raison à mon sujet. Et si j'étais une sorte de psychopathe ? Et si j'avais *vraiment* essayé de tuer mon oncle Ralf et

Gaby ? Et si je souffrais d'amnésie et ne me souvenais pas des horreurs que j'avais commises ? Cela se produisait parfois, je l'avais vu dans des films.

J'ai attrapé mon sac à dos et sorti mon portable. Dep continuait à délirer sur ses victoires en arts martiaux et ses talents de serrurier. Étais-je réellement en train d'écouter les divagations d'un original qui me racontait sa vie ou bien ne s'agissait-il que d'une hallucination produite par mon cerveau malade ?

J'ai examiné la bague celtique à mon doigt. Elle était réelle, non ?

Dans un hôpital, pas très loin d'ici, Gaby gisait inerte, inconsciente. Quand elle se réveillerait, on lui raconterait que j'avais voulu la tuer. Cette idée me brisait le cœur. Et il y avait Winter... Juste au moment où j'avais enfin cru pouvoir faire confiance à quelqu'un, elle m'avait trahi.

Mon existence était un véritable désastre. Les hypothèses les plus folles fusaient dans ma tête les unes après les autres, me donnant le vertige.

Je me suis agrippé au bord de la table de crainte de m'évanouir.

12:45

J'ai allumé mon portable.

📱 T OK mec ?

51

📟 Cal, pkoi G pa 2 news 2 toi ? T OK ? Apri atak zoo a la radio !

📟 Mec tu me DzSper ! STP répon vit !

Je venais de finir de lire les messages de Boris quand l'appareil a émis trois bips avant de s'éteindre. Je n'avais plus de batterie.

Des voix toutes proches nous ont alors glacé le sang. J'ai laissé tomber le téléphone dans mon sac. Dep s'est figé sur place, à un mètre de moi. Il n'y avait que la porte de l'armoire métallique entre nous et l'extérieur ; nous entendions parfaitement la conversation de l'autre côté.

– C'est bizarre, s'étonnait un homme. L'électricité n'a pas été coupée ici. Regarde, le disque du compteur tourne. Lentement, mais il tourne.

– Ah oui, a constaté un autre. Quelqu'un utilise de l'électricité. Mais où ? Ce dépôt est abandonné depuis des années.

– Bon sang ! a soufflé Dep. Ils ont repéré le vieux compteur.

Il s'est empressé de plonger par terre pour déconnecter le câble pirate branché sur l'installation électrique. Même s'il faisait grand jour dehors, nous avons été aussitôt plongés dans l'obscurité la plus totale et le vrombissement des deux ventilateurs s'est tu peu à peu.

– Je ne repère aucun appareil en fonctionnement dans le coin, a déclaré le premier homme. Ni lumière ni machine, rien.

– Il vaut mieux s'en assurer, a suggéré le deuxième. On devrait procéder à une fouille approfondie. Surtout avec cette histoire de fugitif sur la voie.

Ma respiration s'est accélérée. Si l'un de ces deux types examinait de près le fond de l'armoire, ou s'appuyait dessus, il y avait de forts risques qu'il découvre la porte secrète et qu'il parvienne à l'ouvrir, malgré l'énorme coffre que Dep avait poussé contre elle.

Un bruit violent m'a fait sursauter. Je n'avais pas besoin de voir Dep pour sentir son angoisse. Nous avons attendu. Les voix se rapprochaient. D'autres personnes avaient rejoint les deux hommes.

– Vous l'avez vu venir par là ? a demandé quelqu'un qui devait se trouver tout près de la porte.

Le son de sa voix était aussi clair que s'il s'était tenu à côté de moi.

– Juste là, a répondu une autre voix. Ils étaient deux.

Deux ! On était repérés !

– Mais c'était hier soir.

– Et alors ? Ils se trouvent toujours là, à mon avis. Cachés quelque part.

– En plus, quelqu'un utilise de l'électricité ici. Regardez le compteur.

Une pause.

– Le disque ne bouge pas.

– Il y a une seconde, il tournait ! On l'a vu !

– Eh bien, plus maintenant. Vérifie toi-même.

– Le courant a dû sauter.

– Et ces vieux meubles ?

– Quoi, ces vieux meubles ?

– Celui-là n'est pas en mauvais état. Je pourrais le mettre dans mon garage.

Osant à peine respirer, je restais calé contre la table en essayant de ne pas bouger un seul muscle, de ne pas faire le moindre bruit.

La tension et la peur de Dep devenaient de plus en plus perceptibles tandis que, dehors, les autres secouaient, tapaient, poussaient les armoires.

« Pourvu qu'ils ne découvrent pas la porte ! », ai-je supplié en silence.

Soudain, un cliquetis a résonné au-dessus de ma tête. Oh non ! Pas cet imbécile de coucou !

J'ai senti Dep bondir dans le noir pour le faire taire... trop tard. L'oiseau avait commencé à chanter.

– Qu'est-ce que c'était ? a demandé une voix.

– Sais pas. Peut-être un oiseau.

– Ici ?

– Laisse tomber. Ils ne valent pas un clou, ces meubles. Aussi rouillés les uns que les autres. Depuis quand t'es devenu si radin ? Pour cinquante dollars, tu peux en acheter un neuf.

Peu à peu les voix se sont éloignées et nous avons recommencé à respirer librement.

– C'était moins une, a soupiré Dep en se déplaçant à tâtons dans l'obscurité.

Il a trouvé une allumette et l'a grattée pour allumer deux bougies.

– Ils se trouvaient juste devant ma porte d'entrée. J'ai bien cru qu'ils allaient tout arracher ! Une chance que le dernier homme les ait dissuadés de continuer... Mais, tout de même, les gens ne devraient pas mépriser à ce point les vieux objets.

Nous l'avions échappé belle, en effet. Les bougies éclairaient un peu la pièce. Dep a ramassé un journal pour me le montrer.

– Tiens, j'ai rapporté ça ce matin, c'est la dernière édition. Tu fais la une, mon garçon. Je crains que tu ne puisses pas rester avec moi très longtemps. Je sais que tu es dans de sales draps mais tu es trop connu pour t'éterniser ici.

Ma gorge s'est serrée en voyant mon portrait s'étaler une fois encore en première page. La photo avait beau être floue, on me reconnaissait sans mal.

– Alors, comme ça, tu es un criminel recherché par la police ? Je pensais que tu t'étais seulement rendu coupable de cette petite fantaisie au zoo. Désormais tout le monde te traque.

Il a agité le journal sous mon nez.

– Ils ont failli franchir ma porte secrète. Je ne peux pas prendre de tels risques pour toi.

Ça me faisait de la peine d'entendre Dep parler ainsi même s'il avait raison. Je n'avais aucune envie de lui occasionner des ennuis, il m'avait apporté une aide trop précieuse pour que je mette sa situation en péril.

Les yeux braqués sur la photo du journal, j'ai pensé qu'il me faudrait une nouvelle fois modifier mon apparence. Ce qui signifiait que j'aurais encore besoin de Boris.

– J'ai beau adorer la compagnie, mon garçon, je ne peux pas me permettre de te garder ici. Pas sans exiger une contrepartie.

Tout en prononçant ces mots, il frottait ses doigts contre son pouce, signifiant par là qu'il voulait de l'argent.

– Ce n'est pas seulement à cause de la nourriture supplémentaire ou de la ponction sur le réseau, a-t-il poursuivi en levant les yeux vers son branchement électrique pirate. Mais tu représentes un vrai danger. J'ai l'impression que tu attires les flics partout où tu vas. Je ne veux pas avoir de problèmes. Ni qu'on découvre cet endroit. C'est chez moi, ici. En plus, je tiens énormément à mes orteils, et eux tiennent à moi. Nous ne souhaitons pas nous séparer. J'ai bien l'intention de les garder tous les dix jusqu'à la fin de mes jours. Et qu'on ne me retrouve jamais.

Dehors, des bruits indiquaient que le groupe revenait sur ses pas dans notre direction. À nouveau, nous nous sommes figés dans le silence le plus total jusqu'à ce qu'ils s'éloignent.

Dep me faisait clairement comprendre que je ne pouvais pas rester. Pas tant que mon portrait s'affichait à la une des journaux. C'était pourtant la meilleure planque que j'avais jamais connue : indépendante, sûre, invisible.

Il fallait que je tente de le convaincre.

– Je n'ai pas d'argent mais je pourrais vous être utile. Vous servir de messager par exemple. De coursier ?

– Je me débrouille très bien tout seul, merci. Et tu n'as pas intérêt à te montrer. Ce n'est pas le moment de courir les rues. Dommage. Ça m'aurait plu que tu restes. J'aime avoir de la compagnie, quelqu'un à qui parler.

– Mon histoire n'est vraiment pas banale, vous savez, ai-je insisté dans l'espoir de gagner un peu de temps.

Il a souri avant de conclure, prudent :

– Bon, alors juste une nuit de plus.

3 mars
J –304

J'ai passé la journée à explorer la collection de Dep. Il avait rassemblé une quantité incroyable d'objets : des clubs de golf, des bocaux remplis de pièces de monnaie, de boutons, de perles, de pin's et de badges, des monticules de catalogues et de prospectus, des tonnes de livres et des piles de journaux (locaux et étrangers) minutieusement rangés par date et lieu d'origine.

Il y avait aussi des romans classiques. J'en ai profité pour lire un peu. En temps normal, je me serais plongé dans un thriller. Désormais, avec ma nouvelle vie, ce genre de fiction ne m'attirait plus.

J'essayais de lire depuis deux heures, mais je n'arrivais pas à me concentrer : mon regard était sans cesse attiré par la peinture accrochée au mur. Ce tableau me paraissait familier.

Il s'agissait probablement de la reproduction d'une œuvre connue qu'on avait étudiée en cours d'arts plastiques. Le lycée... tout cela me paraissait si loin.

Je me suis tourné vers Dep. Il fredonnait dans son coin en jouant avec une sorte de petit moteur posé sur la table. Il semblait apprécier ma compagnie, même si elle le rendait nerveux. Mais je le soupçonnais d'être, de toute façon, d'un naturel fébrile.

J'examinais d'autres livres rangés sur une étagère de la bibliothèque quand j'ai remarqué une vieille photo en noir et blanc posée contre une bougie blanche dressée dans un plat en argent. En la prenant pour l'examiner de plus près, j'ai aperçu, juste à côté, une broche figurant un minuscule ange doré.

– Qui est-ce ? ai-je demandé à Dep.

Il a louché vers la photographie que je tenais – le portrait d'une femme souriante aux cheveux bouclés, adossée contre une voiture ancienne.

Son visage s'est rembruni.

– Personne. Repose-la où tu l'as trouvée, m'a-t-il ordonné d'un ton sec.

– Désolé. C'était juste parce que je la trouvais belle.

Je l'ai remise à sa place dans son « sanctuaire », entre la bougie et l'ange.

– Écoute, c'est moi qui suis désolé, s'est excusé Dep. Je n'avais pas l'intention d'être désagréable... Je n'ai pas l'habitude qu'on touche à mes affaires. Tu comprends, c'est une photo de ma mère. Et nous ne nous sommes pas parlé depuis une éternité.

– Pourquoi ?

– Oh... elle n'approuvait pas beaucoup le genre de vie que je menais. Ça remonte à loin. Elle n'aimait pas les gens que je fréquentais... Elle a essayé de me remettre dans le droit chemin, en vain, alors elle a cessé de m'écrire. Et elle n'est pas venue me voir après ma condamnation à la prison pour vol.

Dep s'est approché pour regarder la photo.

– Je ne peux pas lui en vouloir. Mais je ne l'ai jamais revue, a-t-il ajouté d'un air triste en fixant le portrait.

– Vous avez tenté de la recontacter ?

– Non. Je ne voulais pas lui créer davantage de problèmes. Je lui ai suffisamment fait honte comme ça.

– Et cette broche ? ai-je questionné afin d'aborder un sujet moins douloureux. C'est un objet trouvé ?

Il l'a prise entre ses doigts et élevée vers la lumière.

– Non, ma mère me l'a offerte il y a des années. Il s'agit d'un ange gardien.

Il l'a replacée avec soin à côté de la photo avant d'ajouter, un large sourire aux lèvres :

– Je ne sais pas s'il m'a réellement protégé, en tout cas je suis toujours là, hein ? Et c'est tout ce qui me reste d'elle.

Il est retourné bricoler son moteur en soupirant. Je me suis demandé si je finirais comme lui... seul, loin de ma famille, loin de ma mère.

23:52

Je ne m'étais pas aperçu qu'il était si tard. Dep ronflait doucement dans son lit de camp défoncé. Nous avions joué au poker toute la soirée avec un paquet de cartes déniché au milieu de ses trésors. Il y avait même une machine à battre les cartes et une collection presque complète de jetons fluo.

Dire que c'était ma dernière nuit ici. Mais je ne pouvais pas faire courir davantage de risques à Dep. Il fallait que j'aille m'installer ailleurs.

4 mars
J –303

Le repaire de Dep

11:21

J'ai rassemblé mes affaires puis je me suis arrangé du mieux possible devant le miroir de la salle de bains. Ensuite, Dep et moi nous sommes dit au revoir brièvement ; je l'ai remercié une nouvelle fois pour son soutien. Il était évident que cela le contrariait autant que moi de se retrouver seul, mais nous savions l'un comme l'autre que je devais partir.

J'allais franchir la porte secrète lorsqu'il m'a tendu un sachet en papier kraft.

– Tiens, prends ça, a-t-il dit en me posant une main sur l'épaule. Bonne chance.

J'ai eu une sombre prémonition. Je craignais de voir mon nouvel ami pour la dernière fois.

Après avoir vérifié que la voie était libre, je suis sorti et j'ai longé à la hâte les murs couverts de graffitis multicolores et les tas d'ordures. Puis je me suis faufilé à travers les grilles rouillées de l'entrée de la cour.

J'ai marqué un temps d'arrêt afin de jeter un ultime regard à cet endroit lugubre. Impossible de deviner qu'un monde aussi incroyable s'y cachait. J'espérais pour Dep que personne ne viendrait le perturber.

J'ai traversé la ville à pied, en prenant soin de garder la tête baissée, mais en observant attentivement les vitrines devant lesquelles je passais, dans l'espoir de trouver ce que je cherchais...

Centre commercial
Liberty Square

11:56

Arrivé dans le centre commercial, j'ai fait le tour des cafés et fini par en dénicher un qui me convenait... Le Florentino's.

Je suis entré dans la salle sans me presser et j'ai choisi une table contre le mur, juste à côté d'une prise électrique. J'ai ouvert la carte devant moi, puis je me suis baissé pour déposer mon sac à dos par terre, j'ai branché discrètement le chargeur de mon téléphone et repoussé mon sac contre la prise.

Ensuite, j'ai sorti le sachet en papier kraft que Dep m'avait donné. J'ai vidé son contenu sur la table et ramassé délicatement l'objet doré miniature qui en était tombé : l'ange gardien.

12:03

– J'attends des amis, ai-je dit en souriant à la serveuse venue prendre ma commande.

Très mignonne avec ses cheveux blonds hérissés en pointes et sa narine percée d'un minuscule anneau d'argent, elle m'a répondu en souriant à son tour :

– Pas de problème.

Elle m'a servi un verre d'eau et s'est dirigée vers d'autres clients.

12:19

Je tambourinais des doigts sur la table comme si mes amis étaient en retard. De temps en temps, je faisais même semblant de regarder une montre inexistante à mon poignet d'un air exaspéré. Mais j'observais surtout les clients : des gamins dégustant des milk-shakes, deux mères, chacune accompagnée d'un bébé dans une poussette, s'offrant une pause-café. Je me trouvais parmi eux, moi, l'ado-psycho, le criminel fugitif recherché par la police.

Pour me détendre, j'ai attrapé, sur la table voisine, un des journaux mis à la disposition de la clientèle.

Au beau milieu de la première page, une photo de ma mère avec Ralf m'a sauté aux yeux. Je me suis aussitôt caché la tête dans les mains. Juste au-dessous de cette photo, il y en avait une autre : celle d'une petite fille, le visage tourné sur le côté, allongée sur un lit d'hôpital, bardée de tubes, de perfusions et d'une série de moniteurs sophistiqués.

Gaby !

... Si tu aimes ta petite sœur, contacte-nous, Cal, je t'en supplie. Nous avons fait tout ce qui était en notre pouvoir pour l'aider à sortir du coma, mais son état n'évolue pas. Il faut que tu rentres à la maison. »

Voilà ce que disait ma mère.

L'article continuait en ces termes :

Ralf Ormond, l'oncle du fugitif, blessé lui aussi par l'adolescent au cours de cette terrible agression au mois de janvier, a supplié son neveu de rentrer chez lui dans cet appel lancé hier en public, à Richmond : « S'il te plaît, Cal, tu sais qu'il est inutile de fuir. Il faut que tu te rendes à la police. Ne te mets pas en danger. Tu finiras de toute façon par être pris, ce n'est qu'une question de temps. Alors je t'en supplie, rentre à la maison. Ensemble, nous trouverons des solutions. Nous te ferons soigner, je te le promets. Personne ne s'en prendra à toi. Mais plus tu t'obstines à te cacher, plus tu aggraves tes problèmes. Pense à ta mère. Pense à ta petite sœur. »

Le journal a glissé par terre. Ce nouvel appel de ma mère et de Ralf ne pouvait signifier qu'une chose : l'état de Gaby empirait.

– Ça va ? s'est inquiétée la serveuse aux cheveux hérissés en me regardant d'un air soucieux.

J'ignorais depuis combien de temps j'étais assis là, à fixer l'article, la tête dans les mains. Je me suis ressaisi.

– Je viens de recevoir de mauvaises nouvelles.

– Vos amis ne viennent pas finalement ?

Elle me donnait un excellent prétexte pour partir. Reconnaissant, j'ai hoché la tête.

– Ce n'est pas très sympa de leur part. Ils auraient pu vous avertir un peu plus tôt, a-t-elle ajouté. Je vous sers quelque chose, alors ?

– Non merci.

Elle a pris mon verre vide et tourné les talons. J'ai débranché mon téléphone, rangé le chargeur dans mon sac et quitté le café.

13:21

Après avoir trouvé un coin tranquille dans le centre commercial, non loin des toilettes et d'une zone de livraison, j'ai sorti mon portable.

Je voulais appeler chez moi. J'avais besoin d'entendre la voix de ma mère, de lui dire que j'allais bien... mais avais-je encore un vrai *chez moi* ? La ligne était sans doute placée sur écoute.

Au lieu de ça, j'ai téléphoné à Boris, que je bénissais une fois de plus d'avoir pensé à me donner un portable indétectable.

– Boris, c'est moi !

– Hé, mon vieux, où t'étais passé ? J'essaie de te joindre depuis des jours ! T'es pas cool, j'angoissais. Je pensais que tu avais de nouveau été capturé par une de tes bandes de gangsters, assassiné ou je ne sais quoi. Et puis on a raconté, au lycée, qu'un lion du zoo t'avait attaqué ! C'est dans tous les journaux, à la radio, à la télé. Qu'est-ce que tu fabriques, mec ?

– Ma batterie était déchargée. Écoute, Boris, je suis vraiment inquiet pour Gaby. Je viens de lire un article dans le journal, il y avait une photo d'elle à l'hôpital, elle a l'air au plus mal.

– Elle ne va pas fort, Cal. D'après ta mère, les médecins ont tenté par différents moyens de la réveiller, sans succès. Elle n'a aucune réaction. Ta mère espère te retrouver pour que tu puisses lui parler.

– Quoi ? Ça n'a aucun sens. Ils prétendent que j'ai tenté de la tuer et maintenant, ils voudraient que je lui parle ?

– Je sais que ta mère raconte des trucs bizarres à ton sujet, Cal, mais, à mon avis, elle ne pense pas que tu as réellement agressé Gaby ou, en tout cas, que tu l'as fait exprès. Elle est étrange en ce moment, très lunatique.

Je n'étais pas convaincu. Rien dans le comportement ou les paroles de ma mère ne me laissait penser qu'elle croyait, même en partie, à ma version des faits.

– Ils cherchent juste à m'attirer afin de me mettre le grappin dessus et de m'arrêter, ai-je répliqué. Les policiers se servent de ma mère, de Ralf et même de Gaby. Ils attendent que je rentre à la maison pour demander pardon, pour embrasser toute la famille, et que je leur tende les bras tandis qu'ils me passeront gentiment les menottes aux poignets ! Comme ça tout le monde sera soulagé. Crois-moi, ils n'ont pas la moindre intention de procéder à mon arrestation en douceur.

Boris n'a rien dit. Je me suis assis sur une caisse de bouteilles de lait renversée, à côté d'une poubelle.

– Boris, ça m'ennuie de te demander une nouvelle faveur, mais j'ai vraiment besoin d'argent. Tu n'imagines pas à quel point il est difficile de survivre dans la rue.

– T'inquiète, mec. Je vais faire le maximum. Mais je dois t'avertir que tous les yeux sont braqués sur moi, pire que sur une star de cinéma : les flics sont revenus à la maison me poser des questions.

– Quoi ? Encore ? Qu'est-ce qu'ils voulaient savoir au juste ?

– Toujours les mêmes trucs. Quand je t'avais vu pour la dernière fois, si j'avais eu de tes nouvelles, si j'avais une idée de l'endroit où tu pouvais te cacher – ce genre de choses. Ils m'ont aussi demandé si j'avais l'intention de t'aider, sachant que je suis ton meilleur ami. Je n'avais pas le choix : j'ai joué le jeu et prétendu que jamais je n'encouragerais un criminel. C'est dur. À chaque fois, je m'efforce d'avoir l'air convaincant. Pourtant, je sens qu'ils se méfient de moi.

Mon meilleur ami a ajouté un ton plus bas, après un bref silence :

– Notre maison est surveillée, j'en suis sûr. Ces derniers temps, il y a toujours un type dans une grosse berline gris métallisé stationnée dans la rue. Il reste assis au volant et fait semblant de lire le journal, de téléphoner ou de rédiger des rapports.

Boris était génial : il était pour moi le meilleur allié imaginable dans cette galère. Mais si on le surveillait, il fallait que je redouble de prudence. Et lui également.

– Tu sais comment réagir, ai-je répliqué. Tu es devenu un pro. Change régulièrement ton itinéraire et garde l'œil ouvert.

– Ouais. Toi aussi.

– Tu pourrais me trouver de la pommade antiseptique et des bandages par hasard ?

– Non, alors c'était sérieux ? s'est-il exclamé. Tu t'es réellement fait attaquer par un lion ? Incroyable !

Je n'ai pas pu m'empêcher de rire. Cela paraissait invraisemblable et, pourtant, c'était vrai.

– Je vais mieux maintenant, l'ai-je rassuré en repensant à mon séjour dans le repaire de Dep. J'ai eu de la chance : je suis tombé sur quelqu'un qui m'a aidé, un gars qui se cache, lui aussi. Attends un peu que je te raconte mon aventure à la gare.

– Ne me dis pas que tu as détourné un train !

– Non, c'est plutôt un train qui a failli me détourner !

Sans entrer dans les détails, je lui ai décrit ma fuite éperdue devant Gilet Rouge.

– La berline est encore garée devant chez moi, a remarqué Boris. Je la vois par la fenêtre. Le conducteur ressemble comme deux gouttes d'eau au balèze qu'on a croisé dans Memorial Park.

Je n'avais pas oublié cette brute et la façon dont j'avais aidé Boris à se glisser subrepticement derrière son dos.

Savoir qu'il surveillait la maison de mon ami était inquiétant.

– Il faut que tu te débarrasses de lui, Boris.

– T'inquiète. Dès que possible, on se voit. Où est-ce que tu dors cette nuit ?

– Je ne sais pas encore. À la planque sans doute.

Pendant combien de temps cette histoire allait-elle durer ? Jusqu'au 31 décembre, comme l'avait prédit le fou ?

Je me suis passé nerveusement la main dans les cheveux. J'ai évité le regard d'un homme qui chargeait une caisse à l'arrière d'un camion.

– Ensuite je tâcherai de quitter la ville, c'est plus prudent. Je crois que je vais aller chez mon grand-oncle Bartholomé, à Mount Helicon. Je ne vois pas d'autre solution.

Malheureux, énervé, j'ai marché dans les rues en me demandant comment sortir de la ville. Les hommes de Sligo surveillaient sans doute la gare routière et un billet de train m'aurait coûté trop cher.

Des années plus tôt, j'avais promis à ma mère de ne jamais faire de stop, mais on est parfois obligé de trahir certaines promesses, surtout quand on vit dans la rue.

J'ai repris le chemin du squat de St Johns Street, en empruntant des rues discrètes de la périphérie.

Je longeais les murs d'une usine désaffectée couverts de graffitis quand, soudain, je suis tombé sur une inscription familière.

Sans savoir pourquoi, ce tag me mettait mal à l'aise. Je sentais confusément qu'il me concernait. « Je devrais l'adopter comme devise », me suis-je dit.

La planque
38 St Johns Street

Avant de pénétrer dans le squat, j'ai arpenté le quartier en scrutant chaque rue, revenant plusieurs fois sur mes pas, dépassant le numéro 38 sans m'arrêter, afin d'être sûr que personne ne me suivait et que la vieille bicoque abandonnée était vide.

J'ai pénétré dans le jardin, rampé au milieu de la végétation envahissante et je me suis accroupi devant les fenêtres, aux aguets.

Comme je n'entendais rien, j'ai traversé les buissons et je me suis faufilé sous la véranda vermoulue.

Une fois sous le plancher, j'ai écouté à nouveau attentivement.

Rien, pas un bruit.

Soulagé, j'ai écarté le bout de tapis qui masquait l'ouverture et je me suis hissé à l'intérieur de la maison.

Elle était déserte, mais quelqu'un, ou un groupe, avait occupé les lieux. On avait fait du feu sur une plaque métallique au milieu de la pièce. Une de mes chaises avait servi de petit bois : il en restait des bouts calcinés et l'air empestait encore la fumée froide. Une partie des murs et du plafond était toute noircie.

Lorsque le soir est tombé, j'ai ramassé les ordures qui traînaient et je les ai jetées dans la jungle qui tenait lieu de jardin à l'arrière de la maison. La plante grimpante qui recouvrait la clôture était en fleurs. L'une d'elles, mauve foncé, a attiré mon attention. Elle m'a bizarrement rappelé Winter et sa jupe ondoyante aux clochettes minuscules, la fois où elle s'était volatilisée au clair de lune, dans le mausolée de Memorial Park. J'ai rêvassé un instant puis je suis rentré.

Maintenant que j'avais nettoyé un peu les lieux, je pouvais étaler mon sac de couchage par terre et tenter de chasser cette fille imprévisible de mon esprit.

5 mars
J –302

Le vrombissement saccadé des hélicoptères déchirait le ciel. Était-ce moi qu'ils cherchaient?

Combien de temps encore ce squat m'offrirait-il une cachette sûre?

De toute façon, je ne me voyais pas y séjourner indéfiniment en attendant que la malédiction proférée par le fou prenne fin!

Incapable de me rendormir, j'ai examiné la plaie de ma jambe : elle cicatrisait plutôt bien.

Je l'ai nettoyée du mieux que j'ai pu et enveloppée avec des bandes découpées dans un vieux tee-shirt.

Tandis que je lavais quelques vêtements, frottant les taches avec acharnement, la bague que

Gaby m'avait offerte a heurté la porcelaine fissurée du lavabo. Le chagrin m'a submergé. Ma famille et mon ancienne vie me manquaient terriblement. Je me sentais si seul.

09:07

J'ai sorti les dessins pour la première fois depuis plusieurs jours. Je les ai contemplés en effleurant du bout du doigt les traits de crayon tracés par mon père.

J'ai pensé au coffret à bijoux vide trouvé près de sa valise le lendemain du cambriolage. Si mes ennemis m'avaient interrogé à propos d'un bijou qu'il aurait pu contenir, ils n'avaient jamais mentionné le mausolée, ni l'ange du vitrail représentant Piers Ormond – même s'ils voulaient des renseignements sur un ange. Quel genre de bijou ce coffret avait-il pu renfermer ? Était-ce pour s'emparer de cet objet précieux que tout le monde me poursuivait ?

Et que signifiaient Kilfane et G'managh, les deux noms écrits sur le papier-calque découvert dans la valise renvoyée d'Irlande ?

Si seulement j'avais pu me rendre dans un cybercafé pour effectuer des recherches. Mais il était hors de question que je coure un tel risque après avoir vu les stickers à mon effigie collés sur les tables et les ordinateurs du dernier cybercafé où je m'étais connecté.

Il fallait que je rappelle Boris. Pour lui demander d'enquêter à ma place, et vérifier si j'avais des commentaires sur mon blog.

Plus frustré et dérouté que jamais, j'ai repoussé les dessins et tenté de me rendormir.

21:13

Je me suis redressé dans le noir, haletant, ignorant combien de temps j'avais dormi, jusqu'à ce que je regarde l'heure sur mon portable.

Le cauchemar était revenu me hanter, mais cette fois le chien blanc en peluche avait été rejoint par un requin géant. Et le sol se dérobait brusquement sous moi – comme la voie ferrée lorsque Dep le Dépravé m'avait sauvé – avant de se transformer en océan déchaîné.

Tandis que je m'efforçais de garder la tête hors de l'eau, je m'apercevais que quelqu'un d'autre dérivait au loin, quelqu'un qui me ressemblait comme deux gouttes d'eau...

8 mars
J –299

J'ai entendu Boris ramper sous le plancher. J'ai tiré le tapis. Dix secondes plus tard, son visage rond a émergé du trou, suivi du reste de son corps. Il a épousseté ses vêtements.

– Mince alors, qu'est-ce qui s'est passé ici? a-t-il lancé en voyant les murs et le plafond noircis. Tu t'entraînes à devenir pyromane, histoire d'ajouter un talent criminel à ton palmarès?

– Des gens ont dû squatter la maison. J'espère qu'ils n'auront pas la mauvaise idée de revenir.

J'étais soulagé de retrouver mon ami, le seul visiteur en qui je pouvais avoir confiance.

Il s'est affalé par terre, contre un mur, les bras repliés derrière la tête.

– Tu sais quoi? Ta mère s'est définitivement installée chez Ralf.

– Je te rappelle que c'est chez elle désormais.

81

– Exact. Ton oncle a été généreux pour ta famille. Céder sa maison, pardon, sa *demeure*, ce n'est pas rien.

Il a hoché la tête en sifflant. Il se souvenait sans doute du jour où nous étions partis à vélo chez Ralf, dans le but de nous introduire clandestinement dans son immense villa du cap Dauphin pour récupérer les dessins... Il devait aussi penser à la superbe Ferrari jaune garée dans la rue.

– Tiens, voilà de la pommade antiseptique, a-t-il dit en me tendant un tube. Et j'ai trouvé des bandages.

Il a sorti de son sac deux rouleaux de gaze.

– Parfait.

– J'aimerais bien m'installer ici avec toi. Tu n'imagines pas l'ambiance au lycée ces jours-ci. Miss Pettigrew me harcèle sans arrêt. Elle veut absolument me fixer un rendez-vous.

– Miss Pettigrew?

Ce nom ne me disait rien. Puis je me suis souvenu que j'avais eu un bref entretien avec elle après la mort de mon père.

– Ah oui, je vois, la psychologue du lycée! Pourquoi?

– Elle pense – *ils pensent tous* – que j'ai besoin de soutien psychologique.

– À cause de moi?

– Oui. Miss Pettigrew est persuadée que j'ai subi un traumatisme conséquent quand mon meilleur ami s'est transformé en fou dangereux.

– Tu plaisantes !

– Ce n'est pas tout, mec. Les gros durs du lycée veulent tous devenir mes copains. Sean Hall, Jake Arena...

– Jake ? Il n'a pas été arrêté l'été dernier ?

Boris a hoché la tête avec un petit sourire satisfait.

– Et Maryanne m'a fait admirer la bague que tu lui aurais offerte juste avant de disjoncter et de fuguer.

– Maryanne n'a jamais reçu que de l'indifférence de ma part ! C'est elle qui disjoncte !

– Quant au proviseur, il est ulcéré par les graffitis qui s'étalent au-dessus des lavabos, dans les W-C des mecs. Quelqu'un a écrit « T Top Cal ».

Boris s'est penché pour m'assener une claque dans le dos.

– T'as peut-être disparu, mon pote, mais on n'est pas près de t'oublier !

– Hé ! J'ai pas encore disparu complètement ! ai-je protesté en lui rendant sa claque. Je me demande pourquoi Maryanne a inventé une histoire pareille.

– Pour impressionner Madeline, sans doute. C'est raté. Mad ne connaît même pas Maryanne ! s'est-il esclaffé.

– En revanche Mad te connaît bien, hein ? ai-je lancé pour le taquiner.

Ma remarque n'a pas semblé le déranger. Il a pris la défense de sa nouvelle amie, le sourire aux lèvres.

– Tu te trompes sur elle, tu sais. Elle n'est pas seulement sexy, elle est intelligente, a-t-il commencé avant de changer de sujet. Bref, tu n'as pas idée de ce que j'ai dû faire pour arriver jusqu'ici… Si ça continue, il va falloir que je saute par-dessus les toits, comme dans *Mission impossible*. Le mec n'a pas bougé de sa berline gris métallisé garée de l'autre côté de ma rue. En ce moment, il lit le journal, sans se douter que l'oiseau qu'il surveillait s'est envolé. J'ignore s'il travaille pour les flics, Oriana de Witt ou Vulkan Sligo. Tu as tellement de fans et un tel succès que j'ai du mal à m'y retrouver.

Un succès encombrant dont je me serais volontiers passé.

– Fais voir un peu ta blessure, a-t-il ajouté en sortant de son sac les nombreuses provisions qu'il me destinait.

J'ai retroussé la jambe de mon jean. Boris a lâché un juron et déclaré :

– Waouh ! C'est pas beau à voir.

– Mieux que la semaine dernière…

Il a levé ses yeux ronds et foncés vers moi avec inquiétude.

– Respect, mec. Je suis impressionné. Mais j'ai une petite question : pourquoi es-tu descendu dans la fosse aux lions ? Tu t'ennuyais ? Tu voulais vivre de nouvelles aventures ? Il fallait absolument que tu taquines le roi de la jungle ?

– Tu crois vraiment que j'ai besoin de me jeter dans la gueule d'un lion en ce moment ?

84

Non, du haut du mur, la fosse ressemblait à un enclos désert. Je n'avais aucune intention de rencontrer un fauve de plus. La vérité, c'est que je n'avais pas assez d'argent pour l'entrée du zoo et que j'étais obsédé par l'idée d'arriver à l'heure à mon rendez-vous avec Jennifer Smith, l'infirmière de mon père. Je suis prêt à tout pour obtenir des informations ! Même à prendre ce genre de raccourci.

La fureur m'a brusquement submergé.

– Je deviens fou ici à force de rester inactif. Je ferais n'importe quoi pour nous sortir de cet enfer, ma famille et moi. Toi qui es si intelligent, Boris, tu peux me dire pourquoi toute cette histoire nous est tombée dessus ? Qu'est-ce que je dois faire, hein, je t'écoute !

Choqué par mon explosion de colère, Boris a baissé la tête et entrepris de renouer ses lacets.

– Je suis désolé, Cal. Je t'assure. Sincèrement désolé pour vous. J'aimerais trouver des solutions. Mais ce n'est pas facile.

Je me suis aussitôt reproché de m'être défoulé sur Boris. Il n'y était pour rien. Sans lui, on m'aurait capturé depuis longtemps. Ou tué.

Ma colère est retombée.

– Si au moins je pouvais voir Gaby. C'est ça le plus pénible. Tu veux bien lui rendre visite à ma place, Boris ? Peut-être qu'elle réagira à ta voix. Elle t'a toujours adoré.

– Bien sûr. Je proposerai à ta mère de l'accompagner. Elle passe son temps à l'hôpital.

Soudain, il a froncé les sourcils en observant mon sac à dos renversé.

– Qu'est-ce que c'est ?

L'une des boîtes de seringues anesthésiantes était tombée par terre. Je la lui ai tendue.

– Des tranquillisants. Je les ai pris au zoo, dans un laboratoire. Ils m'ont sauvé des griffes de Gilet Rouge – la brute qui me poursuivait sur la voie ferrée. Et puis Dep m'a donné des explosifs.

– Dep ?

– Le type à qui je dois la vie. Sans lui, je me faisais écraser par le train.

Tout en prononçant ces mots, je me suis rendu compte que je n'avais parlé à Boris ni de Dep ni de sa cachette souterraine.

– C'est qui ? Un super héros masqué en cape et collants ?

J'ai éclaté de rire en repensant à Dep dans son costume vert miteux.

– Pas vraiment. Dep est l'abréviation de « dépravé ».

Je savais que Boris n'aurait pas besoin de vérifier la définition de ce mot dans le dictionnaire.

– Super. Et il t'a refilé des explosifs ?

– Oui. Dans sa planque, il collectionne un tas d'objets qu'il déniche dans les trains et les entrepôts ferroviaires. Je les garde au cas où ça pourrait me servir. On ne sait jamais.

– Et les dessins ? Tu continues à les étudier ?

– Bien sûr. Sauf que leur simple vue commence à me devenir insupportable.

J'ai attrapé mon sac à dos et décollé le ruban adhésif refermant la fente que j'avais pratiquée dans la doublure.

– Je les range là maintenant, ai-je ajouté en prenant le dossier avec précaution.

Boris a examiné les dessins et sorti son carnet noir.

– Même si on ignore ce qu'ils signifient, on est certains qu'ils sont hyper importants – quel que soit le secret découvert par ton père.

Il a jeté un coup d'œil à ses notes et lu à haute voix la liste qu'il avait dressée :

– Refaisons le point sur ce que nous avons jusqu'à présent sur le DMO.

– OK. D'abord, les anges.

J'ai étalé à ma gauche les deux dessins côte à côte sur le sol.

– Désormais, on connaît l'existence de Piers Ormond – sur lequel il va falloir approfondir les recherches – et de son vitrail dans le mausolée de Memorial Park. L'ange porte une sorte de médaille, ce qui nous conduit à cette série d'objets qu'on peut avoir sur soi.

Boris s'est penché pour poser un nouveau dessin à la droite des autres et a énuméré :

– Des lunettes de soleil, un ruban noué, un peigne à fleurs, une vieille montre à gousset et... un médaillon enfilé sur une chaîne.

– Ces croquis font peut-être allusion au bijou dérobé par les cambrioleurs dans la valise de mon père, ai-je suggéré.

J'ai sorti le dessin du serveur présentant des cartes sur un plateau, pour l'ajouter aux précédents.

– Si on additionne la valeur des cartes, on obtient le nombre 21, ou le mot « black-jack ». Ensuite, nous pensons que mon père a voulu évoquer une énigme à cause du Sphinx, ai-je poursuivi en plaçant le dessin correspondant près des autres.

– Et n'oublie pas le buste du Romain, m'a rappelé Boris. On n'a pas découvert grand-chose sur son compte, sauf qu'il pourrait constituer une référence à l'histoire, à un événement important ou à un personnage puissant. Quant à l'Énigme Ormond, que ton père a peut-être voulu désigner en dessinant le Sphinx, tout ce qu'on sait, c'est qu'il s'agit sans doute d'un poème ou d'une chanson mais je n'ai pas réussi à en trouver les vers ou les paroles. À moins que ton père n'ait voulu évoquer les chiffres 4, 2 et 3 de l'énigme du sphinx…

– Ah oui ! « Qu'est-ce qui marche sur quatre pattes, puis sur deux, puis sur trois » ?

– Exactement. Réponse : un être humain. Ou encore il a cherché à désigner Oriana de Witt – tu te souviens de ce que je t'ai dit sur cette créature cruelle, mi-femme mi-lion ?

J'ai hoché la tête et étalé par terre les trois derniers dessins.

– Et ceux-là ?

Boris a récapitulé :

– Un singe blanc avec un collier fantaisie autour du cou et une balle à la main, un enfant tenant une rose, et le chiffre 5 placé dans un ovale au-dessus de la porte d'une armoire ancienne.

– Oui, et n'oublie pas ça, ai-je ajouté en sortant du fond de mon sac la feuille de calque avec les inscriptions Kilfane et G'managh. Tu pourrais faire une recherche sur ces noms ?

Un bruit provenant de l'extérieur a attiré mon attention. J'ai tendu l'oreille.

– Tu as entendu ? ai-je chuchoté.

Je me suis approché de la porte pour regarder dehors à travers une fente. Tout semblait tranquille.

– Je ne vois rien. Tu es sûr qu'on ne t'a pas suivi, Boris ?

– Sûr et certain. J'ai changé deux fois de look en chemin, a-t-il annoncé en brandissant une paire de lunettes de soleil et un chapeau en toile ringard comme ceux des papys quand ils vont à la pêche.

J'ai pris les lunettes et le chapeau pour les essayer devant le miroir cassé de la salle de bains. Ils me rendaient méconnaissable !

– Je peux les garder ?

– Je t'en prie, a répondu Boris.

Puis il m'a demandé d'un ton un peu inquiet :

– Cal ? Tu es sûr que ça va ? Tu as l'air super tendu.

J'ai détourné les yeux de mon image dans le miroir pour observer Boris. Son visage rond avait une expression que je connaissais par cœur : l'inquiétude ! Son front s'était plissé et ses sourcils se rejoignaient au-dessus de son nez.

– Je pense sans arrêt à l'ado que j'ai aperçu près du terrain de basket, l'autre jour.

Mon ami a soupiré.

– Je suis sérieux, Boris. Ce type est mon sosie. Même si ça paraît dingue, c'est la vérité.

– Écoute, mec, tu as subi un stress énorme. Si ça se trouve, tu as été victime d'une hallucination, rien de plus. Ce sont des choses qui arrivent. Il faut avouer que depuis deux mois rien ne t'a été épargné.

– Je sais ce que j'ai vu et c'est *moi* que j'ai vu. Comme si mon propre visage m'observait.

Boris n'avait pas l'air convaincu.

– Il paraît qu'on a tous un ou plusieurs sosies...

– Oui, moi aussi j'ai entendu dire ça, sauf qu'on ne le rencontre jamais. Il y a des gens qui affirment que les crocodiles pullulent dans les égouts. Tu en as déjà vu ?

– Je sais parfaitement ce que j'ai vu, ai-je insisté. Cet ado était mon portrait craché. Il pourrait être mon frère jumeau !

– Ressaisis-toi, Cal. Tu n'as pas de frère jumeau, ça se saurait !

– Et il y a également ce rêve qui revient tout le temps, ai-je avoué.

Puisque Boris me prenait déjà pour un fou, je ne risquais pas grand-chose à le lui raconter.

– En fait, il s'agit plutôt d'un cauchemar. D'aussi loin que je m'en souvienne, il m'a toujours hanté. Il y a un chien blanc en peluche, un bébé qui pleure et, pour une raison inconnue, ils me terrorisent plus que tout.

J'ai agrippé le bord du lavabo des deux mains et contemplé mon reflet dans la glace. J'étais livide.

– Ce cauchemar m'effraie de plus en plus et l'autre nuit, il s'est modifié. Cette fois, je courais dans des couloirs sans fin. J'avais l'impression d'être perdu dans un labyrinthe de fête foraine. Je cherchais le bébé qui pleurait. Finalement, je l'ai découvert en train de sangloter dans un coin, son chien en peluche blanc dans les bras. Et en m'approchant, j'ai constaté qu'il avait... *mon* visage !

Boris a froncé les sourcils.

– Écoute-moi bien. Il peut arriver n'importe quoi, tu peux assister aux événements les plus déroutants, faire les pires cauchemars, la seule chose qui compte, c'est *ça* ! a-t-il déclaré en tapotant du plat de la main les dessins étalés devant lui.

Frustré par son indifférence, j'ai explosé :

– Toi non plus, tu ne me crois pas !

– Le problème n'est pas là, Cal. Ce que je crois, c'est que nous devons avant tout comprendre la signification de ces dessins, a-t-il dit en les désignant à nouveau. Nous n'avons pas d'autre moyen de te sortir du bourbier dans lequel tu es englué. Nous devons absolument découvrir la vérité sur la Singularité Ormond, l'Énigme Ormond et l'ange Ormond. Tu dois te concentrer en priorité sur ces documents si tu veux retrouver ta famille et la vie que tu menais auparavant.

– En admettant qu'on arrive à déchiffrer les dessins et en admettant aussi que Vulkan Sligo et Oriana de Witt ne nous devancent pas pour résoudre l'Énigme.

Boris m'a assené une bourrade dans le dos comme il le fait à chaque fois qu'il essaie de me réconforter.

– Jusqu'ici tu t'en es tiré comme un chef, mec. Tu sais que je serai toujours de ton côté. Ton père comptait sur toi pour résoudre ce mystère.

Puis il a ajouté en baissant la voix et en redevenant sérieux :

– Le fou que tu as rencontré dans ta rue la veille du jour de l'an a peut-être dit la vérité.

– En tout cas, je l'ai pris au sérieux ! ai-je répliqué avec un rire étranglé. Ses paroles étaient les plus sincères qu'un étranger m'ait adressées ces derniers temps. Si seulement je pouvais claquer dans mes doigts pour que ces fichus 365 jours s'écoulent d'un seul coup.

Je me suis laissé glisser contre le mur et accroupi dans une position inconfortable. *Qui était ce type, bon sang ? Et par quel mystère connaissait-il mon père ?*

Boris a interrompu le cours de mes pensées :

– En surfant sur le Net, je suis tombé sur un certain nombre de références à l'Énigme Ormond. Rien de très détaillé. Et comme je te l'ai déjà dit, impossible de trouver les paroles ou les phrases qui la composent. Nulle part. D'après l'un des sites, le texte a probablement été perdu. Je ne sais plus où me renseigner.

– Il doit pourtant bien être quelque part – même s'il n'apparaît pas sur le Net. Ralf a écrit une note à propos de l'Énigme. Il dispose sans doute d'informations.

– Pas forcément. Il est peut-être juste au courant de son existence.

Boris a saisi le dessin du Sphinx.

– Il faut que tu te rendes chez ton grand-oncle Bartholomé pour l'interroger.

– Tu sais, c'est mon intention depuis la nuit où je me suis glissé en douce chez moi pour récupérer son adresse. S'il y a une personne au courant de nos secrets de famille, c'est lui. Il pourra aussi m'en apprendre davantage sur la grand-tante que mon père a mentionnée une ou deux fois.

Boris s'est gratté la tête.

– Il est comment, ce grand-oncle ?

J'ai essayé de me remémorer notre dernière rencontre.

– Je ne sais plus trop. Il habite à la campagne, à Mount Helicon. Quand j'étais petit, on allait lui rendre visite en famille mais je n'en garde pas de souvenirs précis. La seule chose qui m'ait frappé, c'est qu'il construisait un avion. Mon père en parlait très souvent.

– Il construisait un avion ? s'est étonné Boris, visiblement impressionné. Super !

– Oui, d'après mon père, il y consacrait tout son temps et tout son argent.

– Il doit être terminé maintenant, non ? Avec un peu de chance, il t'emmènera faire un tour !

– J'espère surtout arriver chez lui sans croiser un lion ou une bestiole de la même espèce ! Et qu'il n'appellera pas les flics à la minute où je débarquerai.

– Il n'y a qu'un moyen de savoir comment il réagira, c'est d'y aller. Débrouille-toi pour quitter la ville.

J'ai souri en lui répondant :

– Rien de plus facile, avec tous les flics du pays à mes trousses !

11 mars
J –296

14:04

Lorsque j'ai retrouvé Boris, il portait sa sacoche d'ordinateur en bandoulière, des lunettes de soleil d'aviateur sur le nez et un feutre gris très élégant sur la tête. À côté de lui, je me sentais complètement ringard avec mes énormes lunettes de soleil et mon bob de vieux pêcheur.

Ça ne me gênait pas trop, pourtant : c'était si agréable de marcher à nouveau dans la rue avec mon ami ! Personne ne paraissait nous prêter attention. Toutefois, je n'avais aucune intention de relâcher ma vigilance.

Nous nous sommes dirigés vers la bibliothèque, un grand bâtiment à colonnes blanches.

– Une fille bizarre est venue rôder autour de chez moi, m'a annoncé Boris alors que nous grimpions les marches. Et ce n'est pas la première fois que je la vois traîner dans le quartier.

Une alarme s'est déclenchée dans ma tête.

– Tu peux me la décrire ?

– Elle avait un look assez cool. Gothique sur les bords. L'air un peu à la dérive…

– Et ses yeux ?

– Elle en avait deux, a répondu Boris en rigolant. Elle avait noué des rubans argentés dans ses cheveux. Foncés, les cheveux. Et elle portait une jupe avec des clochettes.

– C'est sûrement Winter.

Boris m'a jeté un regard dur.

– Qu'est-ce que Winter viendrait faire dans mon quartier ? M'espionner ?

J'ai préféré éluder la question et conclure :

– Tu n'auras qu'à le lui demander la prochaine fois que tu la verras.

Bibliothèque
Liberty Square

14:28

Boris a commencé par effacer les messages indésirables qui encombraient mon blog. Beaucoup de gens m'avaient contacté depuis la dernière fois que je l'avais consulté. Cependant, il n'y avait rien de très excitant, rien qui puisse m'aider à me sortir de ma galère.

Deux commentaires ont tout de même attiré mon attention :

B L O G	Déconnexion
Cal Ormond **Écrire à Cal** **Laisser un commentaire**	11/03 J@s & N@t : On t'a vu aux infos coincé dans la fosse aux lions! :-(Espérons que t'es OK maintenant! Garde le moral! :-) Bisous de Jasmine & Natasha

B L O G	Déconnexion
Cal Ormond **Écrire à Cal** **Laisser un commentaire**	11/03 Maryanne : T'es top génial! Tout le lycée te croit fou, pas moi. Tu me manques… M.

En lisant ces messages de soutien, surtout celui de Maryanne, j'ai senti mon moral remonter en flèche.

Boris, lui, a levé les yeux au ciel.

– Tu en as des fans ! Tu devrais enregistrer un CD. Sans rire, t'es devenu une véritable star. Si on faisait un duo pour que je puisse profiter de ta gloire ? Qu'est-ce que t'en dis ?

– Partager ma notoriété avec toi ? Tu rêves !

Nous avons lancé une recherche sur l'Énigme Ormond, au cas où il y aurait de nouvelles informations en ligne. Voici ce que nous avons trouvé :

L'Énigme Ormond

Mise en musique par le fameux William Byrd, l'Énigme Ormond est associée à la famille Ormond de Kilkenny. On suppose qu'il s'agissait d'une formule magique ou d'une incantation.

Le texte a été perdu, mais il est possible que des copies du manuscrit original existent encore dans des collections privées.

– « Kilkenny », c'est le nom de la propriété de mon grand-oncle Bartholomé à Mount Helicon.

– Il a dû lui donner ce nom en référence à l'Irlande. Tiens, regarde ça.

Je me suis penché pour lire ce qui était affiché sur l'écran :

L'Énigme Ormond se compose de huit vers.
Elle est apparue au XVIᵉ siècle.
On pense qu'elle a été rédigée en Angleterre
à l'époque des Tudor.

J'ai poussé un gémissement :

– La belle affaire. Huit vers… Voilà qui ne nous aide pas beaucoup. Pas plus que les autres liens. C'est toujours pareil ! Au moment où on croit tenir un indice sérieux, on revient à notre point de départ, dans la confusion et l'obscurité les plus totales.

Boris m'a assené une claque sur le dos.

– Allez, courage. On va trouver. C'est mathématique.

Nous avons consulté de nombreux sites. Sans succès. Aucun ne mentionnait la Singularité Ormond. Le problème, avec les moteurs de recherche, c'est qu'il faut poser les bonnes questions. Or nous n'avions rien, à part les dessins et les quelques déductions que nous en avions tirées. Nos informations se résumaient à des bouts de papier.

– Essaie « Piers Ormond », a suggéré Boris. On devrait se renseigner sur lui. C'était sûrement un héros pour qu'on lui élève un tel mausolée.

Quelques lignes à propos du vitrail sont apparues à l'écran :

Vitrail du mémorial de Piers Ormond, créé en 1922 par Michel Montmorency suite à une commande de la famille Ormond, et dédié au capitaine Piers Ormond, tué au combat en 1918. Œuvre représentative du style Art Déco. On peut l'admirer à l'intérieur du mausolée conçu par Homer Lewers dans Memorial Park, à Richmond (Australie).

Boris et moi nous sommes dévisagés.

– Ça, on le savait déjà, ai-je dit, déçu.

– Je vais quand même recopier ce texte.

« Un bout de papier de plus », ai-je pensé. Comme sur le bureau d'Oriana de Witt qui disparaissait sous des piles de dossiers. Pour une avocate, c'était normal mais moi, je me sentais plus à l'aise dans *l'action*.

Boris a consulté l'heure sur son portable.

– Il faut que je rentre à la maison. Toi aussi, tu ferais bien de partir. Les cours se terminent et cet endroit ne va pas tarder à grouiller de monde. Je chercherai plus tard des infos au sujet des noms inscrits sur le calque, d'accord ?

Il allait ranger son téléphone quand il s'est ravisé. Il a fait défiler ses photos.

– J'allais oublier. Ta mère m'a emmené avec elle à l'hôpital l'autre soir. J'ai réussi à prendre cette photo pour toi.

Il m'a montré l'écran. Un gros plan du visage de ma petite sœur s'y affichait. Elle semblait dormir. Ses cheveux étaient étalés sur l'oreiller et un fin tube transparent sortait de son nez. J'ai enlevé doucement l'appareil des mains de Boris pour l'observer de plus près. Voir Gaby dans cet état me bouleversait. Elle avait l'air si fragile.

– Je te l'envoie, a dit Boris en la transférant sur mon portable par Bluetooth.

Après l'avoir enregistrée sur mon téléphone, j'ai cliqué par erreur sur la photo d'Oriana de Witt que j'avais prise le soir où j'étais monté dans l'arbre, en face de sa fenêtre. Elle s'est ouverte sur mon écran. Je m'apprêtais à la fermer quand j'ai remarqué un détail qui m'avait échappé.

– Regarde, ai-je lancé à Boris en fronçant les sourcils et en tournant l'écran vers lui. Il y a quelque chose d'écrit, là.

On distinguait sur le bureau, au sommet d'une pile de papiers, une feuille de couleur crème couverte de lettres gris pâle. J'ai approché mon visage de l'écran pour tenter de les déchiffrer avant de le tendre à Boris.

– Oui, il y a une inscription mais c'est flou. Attends un peu.

Il a rallumé son ordinateur.

– Voyons ce que je peux faire.

Il a connecté mon portable sur son ordinateur avec un câble USB et transféré la photo.

– J'ai un super logiciel de retouche d'images qui va arranger ça, a-t-il déclaré en travaillant à toute vitesse.

Ses doigts volaient sur le clavier. Assis à côté de lui, je le contemplais, médusé. Il a zoomé sur la feuille de papier puis rehaussé les contrastes de façon à rendre la forme des lettres plus lisible.

– Ça alors ! Tu as vu ?

J'ai senti de l'excitation dans sa voix.

Un frisson m'a parcouru. Certaines lettres avaient été amputées mais celles que Boris avait réussi à préciser ne laissaient aucun doute sur le mot : N-I-G-M-E.

Nous nous sommes regardés.

– Et si elle était entre ses mains ? ai-je suggéré, le cœur battant. Et si Oriana de Witt détenait le texte de l'Énigme Ormond ? Il est possible qu'elle en possède l'une des rares copies. Elle pourrait très bien l'avoir achetée !

– Je me posais la même question, mec, a commenté Boris, les yeux brillants.

Soudain, il s'est frappé le front :

– Oh là là ! Il faut que je file sinon ma mère va me tuer !

Il a réuni ses affaires en vitesse.

– On doit absolument s'introduire chez Oriana de Witt, ai-je insisté.

Boris a haussé les sourcils, l'air de dire : « Encore des ennuis en perspective ». Il a rangé son ordinateur dans sa sacoche, l'a fermée puis s'est tourné vers moi :

– Et comment tu comptes t'y prendre ?

– J'ai un plan, mon vieux... Il me faut juste de l'argent.

Je détestais quémander, surtout auprès de lui. Cependant, je n'avais pas le choix.

– Tiens, a-t-il lancé en sortant trente dollars de sa poche. J'ai réussi à gratter ça pour toi.

– Merci. Mais je crains d'avoir besoin de beaucoup plus pour réaliser mon plan.

– On pourrait se faire embaucher par mon oncle. Sans qu'il sache que tu es dans le coup, évidemment. Il estime que je suis assez bon pour travailler tout seul. On empruntera son matériel de nettoyage et je lui expliquerai qu'un copain du lycée donne un coup de main.

– Comme tu veux et quand tu veux, ai-je acquiescé en empochant ses trente dollars.

Je promenais mon regard sur les gens présents dans la bibliothèque lorsque, soudain, j'ai pris conscience que quelqu'un avait les yeux braqués sur nous. L'une des bibliothécaires me dévisageait fixement tout en chuchotant à l'oreille de sa collègue.

– Boris, je crois que je suis repéré, ai-je soufflé. Filons d'ici.

Je lui ai désigné discrètement les deux femmes penchées l'une vers l'autre.

– Tu as raison, a confirmé Boris. Il est temps de disparaître.

Pour une fois, la chance m'a souri. L'une des deux employées a été dérangée par un coup de téléphone, et l'autre par une mère et son enfant chargés d'une montagne d'albums. Profitant de ces diversions providentielles, nous avons foncé vers la porte de sortie.

Liberty Square

15:15

Nous nous sommes éloignés très rapidement de la bibliothèque, Boris dans une direction, moi dans une autre.

Avant de nous quitter, il m'a lancé :

– Essaie de rappeler Erik Blair, l'ancien collègue de ton père !

J'ai mis les grosses lunettes de soleil et enfoncé le bob de vieux pêcheur sur ma tête, puis je me suis laissé lentement happer par la chaleur et le bruit de la rue en espérant que personne ne me reconnaîtrait.

15:38

– Bonjour, pourrais-je parler à Erik Blair, s'il vous plaît ?

Je m'étais arrêté dans une cabine téléphonique pour tenter, à nouveau, de joindre cet homme susceptible de détenir des informations sur le voyage de mon père en Irlande.

– Je regrette, Erik est toujours en congé maladie, m'a annoncé la standardiste. Mais je peux vous passer Wayne Slatter.

Erik était toujours en congé maladie ? Qu'est-ce qu'il avait ?

– Savez-vous quand Mr Blair doit revenir, s'il vous plaît ?

– Bientôt, j'imagine, a-t-elle répondu avec une certaine indifférence. Pour le moment, c'est Mr Slatter qui le remplace, je suis certaine qu'il pourra vous renseigner.

– Ça ira, je vous remercie.

J'ai raccroché brusquement. Ce Wayne Slatter ne me serait d'aucune aide dans le genre de recherches que je menais.

Il fallait que j'entre au plus vite en contact avec Erik Blair afin de vérifier s'il savait quelque chose… Mais que lui était-il arrivé ? Pourquoi ne reprenait-il pas son travail ?

J'appréhendais de retourner au squat de St Johns Street. J'ai repensé à la feuille de papier posée sur le bureau d'Oriana de Witt, au mot qui y était inscrit... Peut-être que le texte de l'Énigme Ormond était chez elle, attendant que je vienne m'en emparer.

Il fallait que mon plan marche.

14 mars
J –293

La planque
38 St Johns Street

20:00

La découverte du mot ÉNIGME – enfin, N-I-G-M-E – inscrit en travers d'un document m'a détourné une fois de plus de mon projet de voyage à Mount Helicon. Boris ne serait pas libre avant plusieurs jours, mais je persistais à croire que cette information valait la peine de repousser mon départ.

Debout devant le miroir cassé, éclairé par ma lampe torche, j'ai enduit mes cheveux d'une teinture noire temporaire et bon marché.

Il fallait attendre un quart d'heure pour qu'elle prenne. Je l'avais achetée l'après-midi même dans un petit magasin. On aurait dit que j'avais une flaque de pétrole sur la tête, ce qui m'a rappelé ma rencontre avec Sligo... et avec Winter...

le jour où j'avais failli mourir noyé dans la cuve à mazout.

Winter.

Pourquoi avait-elle commencé par m'aider si c'était pour me trahir par la suite ?

Penché au-dessus du lavabo, je me suis rincé la tête. Des traînées d'un noir bleuté ont ruisselé puis elles ont pâli et l'eau est devenue limpide.

Ensuite, j'ai plaqué mes cheveux pour me donner l'allure d'un parfait abruti. Avec les lunettes rondes à monture noire trouvées dans la collection de Dep, j'avais l'air d'un Harry Potter malade. Mais je m'en moquais. Du moment que je ne me ressemblais pas.

Winter…

Que penserait-elle de moi si elle me découvrait à cet instant ? Elle éclaterait probablement de rire. Comme Boris. J'avais peut-être eu la main un peu lourde sur la teinture. J'étais ridicule. Et je ne devais pas me faire remarquer.

Enfin, la couleur s'estomperait vite.

22:25
_____

Allongé sur mon sac de couchage, j'échafaudais différents plans pour m'introduire chez Oriana de Witt. J'avais hâte d'en parler à Boris. Je mourais d'envie de pénétrer dans cette maison… et de m'emparer de l'Énigme Ormond.

17 mars
J –290

La sonnerie de mon portable m'a fait sursauter. En le saisissant, j'ai constaté que l'appel provenait d'un numéro caché.

J'ai décroché, puis attendu que mon interlocuteur s'annonce.

– Allô, Cal?

– Jennifer Smith? ai-je demandé, hésitant.

– Oui, c'est moi, Cal.

– J'avais si peur que vous ne me rappeliez jamais!

Les mots se bousculaient à toute vitesse sur mes lèvres. Jennifer ne devait percevoir qu'un bredouillement incompréhensible, mais c'était plus fort que moi. Depuis notre rendez-vous manqué devant le cadran solaire du zoo, j'attendais désespérément cet instant. Je souhaitais tant lui parler à nouveau.

– Je suis venu au zoo, ai-je expliqué. J'ai fait le maximum pour arriver à temps. J'ai failli réussir mais… j'ai eu des ennuis.

– Ne t'inquiète pas, Cal. Je suis au courant. N'y revenons plus. Espérons que nous aurons plus de chance la prochaine fois. Est-il possible que nous nous rencontrions demain soir, après mon travail ? Il n'y aura personne dans les parages pour te causer des ennuis. Juste toi et moi.

Ça ne me plaisait pas trop. Rejoindre cette femme en plein jour dans un endroit public, d'accord ; en revanche, une rencontre nocturne dans un endroit inconnu me semblait risquée… Notre premier rendez-vous raté à Memorial Park m'avait servi de leçon – je m'étais retrouvé entre les mains d'Oriana de Witt et de sa bande de malfrats.

– J'imagine que ce ne sera pas au zoo alors, il est fermé le soir. Où travaillez-vous maintenant ? Dans un autre hôpital ?

– Non, je ne suis plus infirmière. En ce moment, je suis employée par un laboratoire fédéral de la proche banlieue de Richmond. Tu connais le complexe Labtech ? Le grand bâtiment blanc ? Il y a un bus qui part de Liberty Square et qui y conduit. Tu descends à Long Reef. Ensuite, tu continues à pied, ce n'est pas très loin.

– Je trouverai.

– Est-ce qu'un rendez-vous entre 20 h 30 et 21 heures te conviendrait ? Je travaillerai en t'attendant. À cette heure-là, tous les employés seront partis et le parking sera désert.

Ce rendez-vous ne me disait rien qui vaille. Je n'aimais pas qu'elle en fixe l'heure et qu'il ait lieu sur son territoire une fois de plus. Mais avais-je le choix ?

– Tu n'auras qu'à sonner à l'interphone. Sur le bouton « Nuit », a-t-elle ajouté. Je t'ouvrirai. Tu verras, c'est un bouton rouge, juste à droite des portes principales.

J'ai réfléchi un moment. Serait-ce réellement sans danger pour moi ?

– Cal ? Tu es toujours là ?

– D'accord, à demain soir.

En raccrochant, je me suis demandé si, après la gueule d'un lion, je ne me jetais pas dans la gueule du loup !

18 mars
J –289

Arrêt de bus
Liberty Square

19:11

L'abribus était jonché de bouts de rubans verts, traces des festivités de la veille, jour de la Saint-Patrick. J'ai dégagé un petit coin du banc pour m'y asseoir et j'ai tourné le dos à mon portrait collé sur le mur. J'étais désormais très différent de cette photo, avec mes cheveux noirs et mes lunettes rondes, toutefois il était plus prudent de garder la tête baissée.

Le numéro de téléphone inscrit sous ma photo m'a intrigué. Ce n'était pas le numéro habituel de la police. Oriana de Witt ou Vulkan Sligo menaient-ils leur propre campagne de recherches pour me coincer ?

Un homme d'âge mûr en jean et tee-shirt rayé attendait lui aussi sous l'abribus. Je n'aimais pas sa façon de me dévisager. À mon grand soulagement, le bus est arrivé sans tarder. Quand il a démarré, j'ai jeté un coup d'œil au type resté assis sur le banc ; il appelait quelqu'un avec son portable. J'ai détourné la tête et je l'ai relégué au fond de mon cerveau, avec mes autres pensées paranoïaques.

Labtech
Long Reef

20:13

La nuit était tombée lorsque je suis descendu à Long Reef. Quelques centaines de mètres me séparaient du groupe d'immeubles au bas de la route. Malgré l'éclairage médiocre des réverbères, on distinguait très nettement l'imposant bâtiment blanc.

20:27

Les laboratoires du complexe Labtech avaient été implantés à la limite du bush[1], au bout d'une longue route sinueuse fermée par

1. Formation végétale des pays secs comme l'Australie, constituée de buissons serrés, de petits arbustes et d'arbres bas isolés.

une barrière automatique. Je suis passé dessous puis j'ai couru m'abriter dans les buissons qui la bordaient de l'autre côté.

Tout en avançant jusqu'à l'entrée principale, j'ai constaté que le vaste parking situé sur la gauche du bâtiment était désert, ainsi que Jennifer Smith l'avait prévu. Comme j'étais en avance, je me suis assis derrière un bosquet afin d'observer attentivement les lieux.

20:52

Je faisais le guet depuis vingt minutes et je n'avais pas remarqué le moindre mouvement. J'étais à peu près certain que tous les employés avaient quitté les laboratoires... à l'exception de la personne qui attendait, à l'intérieur, l'adolescent fugitif avec lequel elle avait rendez-vous.

Je brûlais d'impatience de la rencontrer, de découvrir ce qu'elle souhaitait me confier.

J'ai couru vers l'entrée et pressé le bouton rouge de l'interphone sur ma droite. Peu après, un bourdonnement a retenti et la serrure s'est débloquée. J'ai poussé la lourde porte tandis qu'une voix féminine précisait :

– Après la réception, tourne à gauche, puis emprunte le couloir jusqu'au bout.

115

J'ai suivi ses indications, longé de nombreux bureaux, et j'ai fini par la trouver. Elle se tenait près d'une fenêtre, à une sorte de carrefour d'où plusieurs couloirs partaient en étoile. Je me suis approché prudemment.

Elle portait une blouse blanche de laboratoire qui semblait trop large pour sa silhouette menue. Un calot en papier bleu pâle couvrait ses cheveux châtain clair attachés en queue de cheval. Elle est venue vers moi en souriant, l'air soulagée. Je lui ai tendu la main, mais elle l'a ignorée et m'a serré dans ses bras.

Totalement surpris par cette marque d'affection, j'ai eu l'impression de retrouver un membre de ma famille. J'étais également étonné que Jennifer Smith ne manifeste aucune appréhension à mon égard.

Elle a reculé d'un pas, comme pour mieux m'examiner. Ses yeux étaient doux, son teint pâle, et elle dégageait un parfum de menthe.

– Tu en veux une ? a-t-elle demandé en sortant une boîte de pastilles à la menthe de l'une des poches de sa blouse.

J'en ai pris une.

– Merci.

– L'odeur des solvants est parfois envahissante, a-t-elle expliqué.

Elle m'a tout de suite plu. Je me sentais en confiance avec elle.

– C'est incroyable ce que tu ressembles à Tom, a-t-elle déclaré en me précédant dans le couloir. Je l'ai soigné jusqu'à ce que... enfin, jusqu'à ce que nous le perdions.

L'entendre prononcer le prénom de mon père m'a fait un bien incroyable.

Nous sommes entrés dans un petit laboratoire dont elle s'est empressée de refermer la porte.

– Tous ceux qui se sont occupés de lui, surtout moi, le considéraient comme un patient extraordinaire. Nous voulions tant qu'il guérisse. Mais son état s'est dégradé. Il n'était pas fou, Cal. Il a simplement perdu la maîtrise d'une partie de son cerveau. Il a consenti d'énormes efforts pour réaliser ces dessins à ton intention. Tu les as récupérés ?

– Oui, ai-je répondu en espérant que je n'avais pas tort de me fier à elle.

D'un côté, penser à mon père me rendait affreusement triste. D'un autre côté, c'était un soulagement de l'évoquer avec une personne qui l'avait approché récemment et apprécié. Cette conversation renforçait ma détermination : j'éluciderais le mystère que mon père m'avait légué.

– Je vous remercie. On ne m'avait pas parlé de lui depuis longtemps... Vous êtes sans doute au courant de mes ennuis avec la police ?

– Bien sûr.

– Et je ne vous fais pas peur ?

– Non, a-t-elle répondu comme si cela allait de soi.

117

J'ai détaillé la pièce.

– Quelle sorte de travail effectuez-vous ici ? ai-je demandé, intrigué par le matériel inconnu que je découvrais dans le laboratoire.

– Le complexe fabrique des vaccins, et ce service est spécialisé dans la production d'anti-venins. Tu remarqueras partout une multitude d'informations sur les reptiles. Nous possédons beaucoup de serpents, des espèces très venimeuses. Nous récoltons leur venin pour le transformer ensuite en antidote.

« Génial, ai-je pensé en observant les affiches et les graphiques couvrant les murs. Après les lions, les serpents ! »

Elle m'a conduit jusqu'à une porte fermée un peu plus loin, dans le couloir.

– C'est là que nous conservons nos réserves d'anti-venins.

Elle a ouvert la porte. En jetant un coup d'œil à l'intérieur, j'ai aperçu une rangée de petits réfrigérateurs alignés contre un mur. Sur chacun d'eux était fixée une étiquette portant le nom d'un serpent mortel : couleuvre brune, bongare, vipère du désert, vipère de la mort, serpent corail.

Jennifer a refermé la porte.

– Tu disais tout à l'heure que tu avais les dessins de ton père ?

Ma méfiance habituelle s'est réveillée instinctivement. Pourquoi cette question ?

– Ils sont en sécurité, ai-je répondu.

Ils l'étaient en effet, dans la doublure de mon sac à dos.

– Tom s'inquiétait beaucoup à leur sujet. Il voulait à tout prix qu'ils te parviennent. Les médecins pensaient les envoyer à ta mère ou à ton oncle, mais Tom m'avait précisé à maintes reprises que c'était à toi et à toi seul qu'il souhaitait les confier, et j'ai insisté pour qu'ils te soient adressés en personne.

– Merci.

– J'ai autre chose pour toi, de la part de ton père, Cal...

Elle a marqué un temps d'arrêt et m'a pris la main.

– Je ne l'ai malheureusement pas avec moi ici, ce soir.

J'ai aussitôt retiré ma main.

– Pourquoi m'avez-vous demandé de venir ici alors ?

– Écoute, je ne veux pas t'inquiéter... Tu vas sans doute croire que je suis paranoïaque... Enfin, voilà : j'ai eu un mauvais pressentiment ce matin. Il m'a semblé que quelqu'un rôdait près de mon appartement.

Elle a secoué la tête avant d'ajouter :

– Je n'ai rien vu, ni personne, ce n'était probablement qu'une simple impression. Rien de grave.

– Comment ça, une *impression* ?

– Tu sais ce que l'on éprouve quand quelqu'un nous observe, même si on lui tourne le dos ? a dit Jennifer.

J'ai acquiescé. Je ne le savais que trop bien.

– C'était comme si... Je crois que la perspective de te rencontrer enfin m'a bouleversée, j'avais les nerfs à fleur de peau... Quoi qu'il en soit, j'ai préféré laisser la clé USB chez moi.

– Une clé USB ?

Jennifer a soupiré.

– Un jour, à l'hôpital, lorsque ton père était au plus mal, je sortais des vêtements de son sac à linge quand cette clé USB en est tombée. Il pouvait à peine bouger mais j'ai aussitôt senti ses yeux se poser sur moi comme si, de son lit, il essayait de me révéler qu'elle contenait des documents précieux. À cette époque, j'expérimentais plusieurs techniques de communication avec lui. Je lui ai donc montré la clé et demandé : « Qu'est-ce que c'est ? Pour qui est-ce ? » Son regard a immédiatement glissé sur une photo – celle où l'on vous voit tous les deux au milieu d'un terrain d'aviation. Je lui ai dit : « Ne vous inquiétez pas, Tom. Je la donnerai à Cal, c'est promis. » Et aussitôt son corps s'est détendu, son visage s'est décrispé et il a souri.

Les paroles de Jennifer ont provoqué en moi un mélange surprenant de chagrin et d'espoir.

– Vous savez ce que contient cette clé USB ?

– Oui, bien sûr. J'y ai jeté un coup d'œil. À mon avis, il s'agit de photos d'Irlande. On voit beaucoup de prairies vertes et de ruines. J'ignore si elles ont une signification, peut-être le sauras-tu.

Elle s'est arrêtée, comme pour écouter quelque chose, avant de se diriger vers la porte du laboratoire.

– Tu as entendu ce bruit ?

– Non.

– Ça recommence !

Je me suis approché et j'ai tendu l'oreille.

– Quel genre de bruit ?

– Il m'a semblé percevoir des pas dans le couloir.

Je ne distinguais que le bourdonnement sourd de la climatisation et le brouhaha lointain de la circulation sur la grande route, en haut de la colline.

– Tu es sûr que la porte s'est bien refermée derrière toi quand tu es entré ?

J'ai réfléchi une seconde.

– Je suis certain d'avoir entendu un léger claquement. C'est une porte très lourde à système pneumatique, non ? En général, elles se referment automatiquement.

– Tu as raison. Ce devait être un animal du laboratoire, a-t-elle dit en se déplaçant silencieusement vers une petite fenêtre étroite percée en hauteur dans le mur.

J'ai promené les yeux autour de moi, sans voir un seul animal en cage. L'inquiétude a commencé à me gagner. D'ailleurs, je ne comprenais pas quelle créature aurait pu produire un son identique à des bruits de pas. Pas un reptile en tout cas.

Quelqu'un m'avait-il suivi? J'ai repensé aux bibliothécaires de Liberty Square qui chuchotaient en m'observant. Si elles m'avaient dénoncé aux autorités, des policiers pouvaient avoir été postés aux alentours, pour surveiller les arrêts de bus, les gares. Et si l'homme au tee-shirt rayé croisé tout à l'heure m'avait reconnu? Avait-il averti la police quand le bus avait démarré?

21:39

– Je ferais bien de tout fermer, a dit Jennifer en sortant un trousseau de clés d'un tiroir. Si tu m'accompagnes, je te raconterai ce que je sais et nous déciderons du moyen le plus sûr de te faire parvenir la clé USB.

Je l'ai suivie dans les couloirs tandis qu'elle s'assurait que les portes étaient verrouillées et éteignait les lumières. Il semblait n'y avoir personne d'autre que nous; je m'étonnais qu'un bâtiment de cette dimension ne dispose pas de service de sécurité.

– Où sont les gardiens?

122

– Quelque part à l'extérieur, en train de faire leur ronde. Le complexe Labtech est énorme. Ils seront probablement de retour ici vers 23 heures.

21:45

Nous marchions toujours dans le dédale des couloirs lorsque Jennifer a brisé le silence :

– Cal, je ne voudrais surtout pas t'effrayer à nouveau mais, vers la fin, ton père s'inquiétait beaucoup au sujet de quelqu'un.

– Qui ?

– Je ne l'ai jamais deviné. Il ne pouvait déjà plus parler distinctement à ce moment-là, et je n'ai pas réussi à comprendre ce qu'il cherchait à exprimer. Quelque temps plus tôt, il avait été capable de prononcer deux ou trois mots pour demander à une autre infirmière de lui procurer un livre : *L'Île au trésor* de Robert Louis Stevenson. Bien qu'elle ait trouvé sa requête surprenante, ma collègue lui a donné un exemplaire du roman. Étrangement, cela n'a pas semblé le satisfaire : il a jeté le livre par terre. D'après cette infirmière, il paraissait frustré, exaspéré même qu'elle ait mal saisi le sens de ses paroles. Il voulait absolument lui communiquer quelque chose, mais il avait échoué.

Un bruit bizarre m'a alerté.

– Qu'est-ce que c'est ?

123

– On dirait la porte de mon bureau, a répondu Jennifer.

Elle s'est mise à courir et a disparu à l'angle d'un couloir.

– Attendez-moi! ai-je crié en m'élançant derrière elle.

À l'instant où j'allais bifurquer à gauche, j'ai eu le regard attiré par un terrarium encastré dans le mur. Je me suis arrêté pour voir ce qu'il renfermait. Aussitôt, une couleuvre brune s'est déroulée et dressée pour attaquer. Malgré le verre qui nous séparait, j'ai bondi en arrière quand ses deux crochets blancs ont frappé la vitre sur laquelle des gouttes de venin ont lentement glissé.

Je me suis dépêché afin de rattraper Jennifer.

En vain.

Je ne la voyais plus nulle part. Où avait-elle disparu? Pourquoi m'étais-je laissé distraire alors que j'aurais dû la suivre dans ce labyrinthe de couloirs? J'ai pesté contre moi-même.

– Jennifer?

Pas de réponse. J'ai stoppé net à l'embranchement du couloir. Deux directions opposées s'offraient à moi.

– Jennifer? ai-je crié, plus fort cette fois.

Pourquoi ne répondait-elle pas? J'ai repensé au bruit que nous avions entendu. J'éprouvais le sentiment très net que nous n'étions pas seuls dans le bâtiment; et ce n'était certainement pas un gardien qui y rôdait.

J'ai emprunté le couloir de gauche sans cesser d'appeler Jennifer.

Toujours pas de réponse. Je ne savais pas quoi penser ni faire.

Revenant sur mes pas, je me suis élancé dans l'autre direction dans l'espoir de retrouver son bureau. Au loin, les lumières se sont éteintes. J'étais paniqué à présent. Jamais je ne retrouverais la sortie du laboratoire sans l'aide de Jennifer. Qu'avait-il bien pu lui arriver ? Avais-je encore mis en danger une personne qui essayait de m'aider ?

Je me suis arrêté, incapable de me décider. Soudain, l'angoisse m'a glacé le sang : je venais d'apercevoir, au bout du couloir, une silhouette se dissimuler derrière le mur. Malgré son mouvement furtif, j'avais reconnu le gilet rouge si caractéristique que j'avais appris à redouter.

Sans bruit, j'ai commencé à reculer. Une fois que j'aurais atteint l'embranchement, je m'enfuirais aussi vite que possible et il ne pourrait pas deviner de quel côté j'étais parti.

À l'intersection des couloirs, je me suis retourné... et cogné à un autre malfrat ! Sligo avait lancé plusieurs de ses hommes de main à mes trousses !

Je n'avais plus le temps d'avoir peur. Je n'avais plus qu'une idée en tête : me sauver !

L'homme m'a attrapé et fait pivoter, dos contre lui. Ma jambe blessée a très mal supporté le choc.

Ivre de douleur, j'ai lancé mon autre pied en arrière et planté mon talon dans son tibia. Comme il ne s'y attendait pas, il a poussé un cri de surprise et relâché son étreinte, juste assez pour me permettre de me dégager d'une torsion du buste. Tête baissée, j'ai foncé droit sur Gilet Rouge qui venait d'apparaître dans ma ligne de mire. Sans réfléchir, je l'ai percuté en plein abdomen. Il s'est plié en deux en hurlant, et j'ai filé !

22:11
___

J'ai couru comme un dératé d'un couloir à l'autre, d'un étage à l'autre, grimpant et dévalant des marches sans savoir où j'allais. Je croyais m'être débarrassé de mes agresseurs lorsque j'ai entendu leurs pas lourds et leurs voix derrière moi. Je me suis alors remis à courir, terrorisé à l'idée du sort qu'ils me réservaient si jamais ils mettaient la main sur moi.

Le martèlement de leurs pas se rapprochait de plus en plus.

Et soudain, j'ai cru que je m'étais engagé dans un cul-de-sac !

Heureusement, il y avait une porte ! Ma seule chance. Si elle était bloquée, je pouvais dire adieu à la vie. Sans ralentir, je me suis jeté dessus et elle s'est ouverte. J'ai pénétré à l'intérieur de la pièce et refermé la porte derrière moi.

Il fallait à présent que je trouve une issue : une fenêtre, un conduit d'aération, un escalier de secours, n'importe quoi. Mais il faisait aussi noir que dans un four. Tout en tâtonnant dans l'obscurité à la recherche d'un interrupteur, j'ai donné un violent coup de pied dans une corbeille à papier en métal qui est allée s'écraser contre une surface dure. Une vitre a volé en éclats et s'est abattue sur moi comme une averse de grêle. Une douleur fulgurante m'a traversé le flanc.

Le souffle coupé, j'ai réussi à allumer la lumière...

Horreur ! J'avais brisé une cage abritant des reptiles ! Le sol grouillait de serpents !

Une étiquette pendait sur un éclat de vitre tombé à terre : *Vipères de la mort*.

Deux alarmes se sont alors déclenchées, des lumières se sont mises à clignoter au-dessus de ma tête et une sirène stridente a retenti dans le bâtiment. La masse frémissante des reptiles sombres a avancé vers moi. Je me suis figé sur place. Une vipère a frôlé mon pied... et puis c'est arrivé : elle a dressé la tête et s'est jetée sur ma jambe.

22:20
___

Je devais sortir de ce guet-apens au plus vite ! Je savais que ces vipères comptaient parmi les serpents les plus venimeux du monde, et la

127

pièce où je me terrais en était truffée. Après les attaques des requins et du lion, je n'avais décidément pas de chance avec les animaux !

La sirène continuait à hurler dans le bâtiment. Je me suis précipité vers la porte en essayant d'éviter les reptiles qui se tordaient sur le carrelage. Des gardiens allaient surgir d'une seconde à l'autre. Mais je préférais encore tomber entre leurs mains ou celles des gangsters de Sligo que de rester dans une pièce grouillant de vipères de la mort.

J'espérais que les crochets du serpent n'avaient pas traversé mon jean et que le mugissement de l'alarme avait fait fuir mes poursuivants.

Pour l'instant, je ne ressentais aucun effet inquiétant. En revanche, la sirène n'avait pas arrêté les hommes de Sligo : les deux brutes fonçaient dans ma direction !

22:21

J'étais fait comme un rat. J'ai sauté sur une chaise posée à côté du mur.

Les deux balèzes se sont brusquement arrêtés au milieu du couloir, une expression horrifiée sur le visage.

Attirées par les lumières et le mouvement, les vipères de la mort me dépassaient et filaient droit sur mes assaillants !

Pour une fois, la chance était de mon côté. Gilet Rouge et son acolyte ont fait demi-tour et détalé tandis que je retournais sur mes pas à la recherche d'une cachette.

Je me suis blotti dans des toilettes minuscules, pas très loin du laboratoire aux serpents. L'équipe des gardiens était arrivée. Ils vérifiaient toutes les pièces en se communiquant le résultat de leur inspection par radio. À un moment, la porte des toilettes s'est ouverte, quelqu'un y a promené le rayon d'une lampe torche, puis s'est vite retiré, sans inspecter davantage les lieux.

J'ai préféré attendre.

22:30

Tout semblait calme depuis plusieurs minutes. Il était temps de m'extraire de mon refuge pour tenter de trouver la sortie de ce labyrinthe de couloirs et d'escaliers.

Sans bruit, j'ai rampé hors des toilettes. Le couloir n'était plus éclairé que par la lune. J'ai voulu me redresser lorsqu'une douleur fulgurante m'a vrillé le crâne. Je me suis affalé contre le mur. Il ne s'agissait pas d'une simple migraine, j'avais l'impression que des éclairs de lumière jaillis de l'intérieur de mon cerveau me transperçaient les yeux. Et je ressentais dans les membres une faiblesse inexplicable.

Soudain, une violente nausée m'a plié en deux. D'effroyables élancements m'ont paralysé les jambes.

J'ai retroussé mon jean.

Un liquide rosâtre suintait des deux petits points rouges laissés sur mon mollet par les crochets de la vipère de la mort.

22:34

En titubant, j'ai cherché la pièce dans laquelle Jennifer m'avait montré, un peu plus tôt, les réfrigérateurs où les laborantins conservaient les anti-venins.

À moitié aveuglé par la douleur, secoué de violentes nausées, j'ai lutté de toutes mes forces pour continuer à avancer.

Si je ne retrouvais pas très vite cet endroit, je n'aurais plus qu'à appeler les secours. Mais la police m'arrêterait et mes chances d'exaucer les dernières volontés de mon père s'envoleraient. Je ne pouvais m'y résoudre.

Il fallait que je regagne le bon couloir. Je me souvenais qu'il se situait près du hall d'entrée. Toutefois, avec cet épouvantable mal de tête qui me rendait presque aveugle, j'éprouvais une difficulté accrue à me concentrer.

130

Mon cœur battait à tout rompre. Les muscles de mes jambes se tétanisaient. J'avais de la peine à respirer. Je me suis arrêté dans un couloir, oscillant d'avant en arrière, incapable de faire un pas de plus. Ma nuque se raidissait. J'avais besoin d'une aide médicale, je le savais. Si je ne prenais pas une décision rapide, je me paralyserais complètement... et alors, il serait trop tard.

J'ai réussi tant bien que mal à rejoindre la réception et de là, malgré ma vue brouillée, j'ai repéré le couloir que j'avais emprunté avec Jennifer. La porte de la pièce contenant les antivenins était ouverte.

J'ai failli m'écrouler à l'intérieur. Appuyé contre le mur, j'ai allumé la lumière. J'avais l'impression que mes yeux allaient exploser. J'ai avancé à tâtons le long des réfrigérateurs jusqu'à ce que je tombe sur celui qui portait l'étiquette *Anti-venin de la vipère de la mort*.

J'ai ouvert la porte, je me suis efforcé de fixer mon regard sur le contenu du frigo. Ma nuque se raidissait de plus en plus, je pouvais à peine bouger ma tête. Mon bras tremblant a bousculé plusieurs boîtes. J'en ai attrapé une dont j'ai déchiré l'emballage. Des seringues préremplies en sont tombées. J'ai remonté ma manche, planté l'aiguille dans mon bras. La piqûre m'a arraché un cri. Je me suis effondré par terre.

23:47

J'ai tenté de m'asseoir, cherchant à me rappeler où j'étais et ce qui m'était arrivé. Puis j'ai réalisé que je m'étais évanoui. Mes jambes souffraient encore d'élancements, en revanche je n'avais plus mal à la tête et ma vision semblait à nouveau normale. La raideur de ma nuque avait disparu, les nausées aussi.

Lentement, je me suis relevé. Je tanguais toujours mais je tenais debout. L'anti-venin avait fait son effet. Les sirènes d'alarme ne hurlaient plus. Où étaient les agents de la sécurité?

23:49

Une plainte sourde provenant du coin le plus éloigné de la pièce m'a fait sursauter. J'allais me sauver quand j'ai compris qu'il s'agissait d'une femme qui gémissait. C'était Jennifer! Je me suis avancé prudemment vers elle.

Elle était étendue par terre, à moitié cachée derrière une pile de cartons.

Je me suis agenouillé à ses côtés pour l'aider à se redresser.

– Que s'est-il passé ? a-t-elle demandé, encore à moitié étourdie.

– Je ne sais pas. Des hommes me traquent, ils ont dû suivre ma piste jusqu'ici.

– Aïe, a-t-elle gémi en se touchant la tête.

– Attendez, laissez-moi regarder.

Elle a grimacé de douleur tandis que je me penchais pour voir si elle était blessée.

Du sang suintait d'une vilaine coupure à l'arrière de son crâne et collait ses cheveux. Il ne pouvait pas s'agir d'un subterfuge : quelqu'un l'avait réellement frappée.

– On a dû vous attaquer par-derrière avant de vous traîner ici, ai-je supposé.

Elle a à nouveau porté la main à sa tête et grimacé de douleur.

– Merci les gardiens, a-t-elle dit sur un ton amer. À quoi servent-ils ?

– Euh... Ils ont peut-être aperçu quelque chose qui les a éloignés...

J'étais prêt à lui raconter mon accident dans la pièce aux vipères de la mort, toutefois Jennifer ne m'écoutait pas.

– Et toi, Cal ? Tu vas bien ? m'a-t-elle interrogé.

– Oui, ça va, l'ai-je rassurée tout en consultant la liste des numéros d'urgence affichée sur le mur et en décrochant le téléphone. Mais je m'inquiète pour vous. Avec le coup que vous avez reçu sur le crâne, vous risquez de souffrir d'une commotion cérébrale.

– Qui sont-ils ? a-t-elle poursuivi sans prêter la moindre attention à mes paroles. Ces gens qui te recherchent ?

– Des gens prêts à tout pour se procurer les informations que mon père m'a laissées. C'était à moi qu'ils en voulaient. Vous avez simplement eu la malchance de vous trouver en travers de leur chemin.

– Donc, ce n'est pas moi qui ai été suivie ?

– Non. Ces types sont à mes trousses depuis un moment. En réalité, j'ai le sentiment qu'ils me pourchassent depuis toujours. Mais vous devriez faire attention maintenant.

Quand le standardiste des urgences a pris mon appel, je l'ai informé qu'une personne blessée à la tête avait besoin d'une ambulance. Je lui ai donné l'adresse précise du complexe Labtech et j'ai raccroché : il fallait que je me sauve avant l'arrivée des secours.

Jennifer s'est lentement relevée puis s'est assise sur une chaise. Je lui ai apporté de l'eau dans un gobelet en carton.

– Je comprends que tu sois pressé, Cal. Toutefois, sache que ton père s'inquiétait beaucoup pour toi. Je ne m'étais pas rendu compte à quel point ta situation était dangereuse… jusqu'à aujourd'hui. Fais preuve de la plus grande prudence. Ne l'oublie surtout pas, je t'en prie.

Je ne risquais pas !

– Promis, ai-je dit en reprenant mon sac à dos. Quand pensez-vous pouvoir me donner la clé USB ?

– Très vite. Je t'appellerai. D'accord ?

Au loin, le hurlement d'une sirène a déchiré la nuit. L'ambulance ne tarderait pas.

– N'en veuillez pas aux agents de la sécurité de ne pas vous avoir secourue, ai-je déclaré.

Jennifer m'a regardé d'un air perplexe.

– Et n'ouvrez surtout pas la porte avant l'arrivée des secours, ai-je enchaîné en lui passant le téléphone. Tenez. Vous feriez mieux d'appeler des spécialistes. Les vipères de la mort se sont échappées.

19 mars
J –288

Long Reef

00:10

___

Heureux d'être vivant et libre, d'avoir échappé à mes poursuivants, je me suis éloigné lentement dans la nuit.

Alors que je regagnais la route en me dissimulant dans les buissons, l'ambulance qui venait chercher Jennifer Smith m'a dépassé.

La remontée de la colline a été pénible, mais une fois arrivé au sommet, j'ai aperçu les lumières scintillantes de la ville, en contrebas.

Je me suis assis pour reprendre des forces. Une longue descente m'attendait.

10:58

J'ai marché très longtemps pour rentrer à la maison – si on pouvait appeler cette masure délabrée une « maison » – et, sitôt franchi le trou du plancher, je me suis écroulé sur mon duvet.

En me réveillant, j'avais la tête qui tournait un peu. J'ai repensé à ce qui s'était passé au complexe Labtech. Il fallait que je raconte mes aventures à Boris.

J'ai sorti mon portable.

– Ah, salut Robin, a répondu Boris. Tu vas bien ? Quoi de neuf au lycée ?

J'ai tout de suite compris qu'il ne pouvait pas me parler librement.

– Pigé. Ta mère est à côté de toi ?

– Ouais, formidable.

– Tu as deux minutes à me consacrer ?

– Bien sûr, Robin, pas de problème.

Je l'ai informé de mon rendez-vous avec Jennifer à Long Reef, de la clé USB appartenant à mon père qu'elle voulait me confier mais n'avait pas osé apporter. Ensuite, j'ai résumé ma rencontre surprise avec Gilet Rouge et son acolyte… puis la morsure de la vipère et l'anti-venin que j'avais réussi à m'administrer in extremis.

Boris est resté silencieux quelques secondes. Il était certainement en train de se creuser la tête pour me répondre sans éveiller les soupçons.

– Et la prochaine expérience, ce sera quoi ? Des crocodiles ? a-t-il fini par demander avec un petit rire gêné.

– Tu as un sens de l'humour douteux alors que j'ai failli mourir ! ai-je protesté. C'était atroce : j'ai cru que ma tête allait exploser, j'ai eu des nausées épouvantables. Heureusement, l'anti-venin a été super efficace. Je me suis senti un peu groggy après, mais ce n'est rien en comparaison de ce qui aurait pu m'arriver. Et toi tu me parles de crocodiles !

– Bon sang, quelle histoire ! s'est exclamé Boris. Elle a eu raison de ne pas l'apporter.

– Tu veux dire Jennifer ? La clé USB ?

– Tout à fait.

– À cause des acolytes de Sligo ?

– Exactement.

– Au fait, j'ai recontacté Erik Blair, et tu sais quoi ?

– Non.

– Il est toujours en congé maladie. Tu te rends compte ? À ton avis, qu'est-ce qu'il a ?

Comprenant la raison du long silence de Boris, j'ai ajouté :

– Ah oui, j'oubliais ! Tu ne peux pas me répondre. On en reparlera plus tard.

– Écoute, Robin, je suis désolé mon pote, mais je dois te laisser. Je te rappelle demain ou après-demain ?

– Ce serait génial.

– Parfait. En attendant, je vais voir si je trouve des infos sur les serpents pour ton exposé – le venin, la façon de soigner les morsures, ces trucs-là.

– Super, Boris, merci.

21 mars
J –286

– Désolé de ne pas t'avoir rappelé plus tôt, mec. C'était d'un pénible, l'autre jour ! Impossible de dire un mot, ma mère et ma grand-mère n'arrêtaient pas d'entrer et de sortir de ma chambre ! Tu as vraiment été mordu par une vipère de la mort ? Je n'arrive pas à le croire ! Tu es sûr que ça va maintenant ?

– Oui, ne t'inquiète pas. Je me sens tout à fait bien.

Et Boris a commencé à me parler comme un dictionnaire médical. En gros, il me conseillait de me reposer, de nettoyer la blessure régulièrement et de surveiller le moindre signe de nécrose.

– Qu'est-ce que c'est la « nécrose » ?

141

– La gangrène, si tu préfères. Tu sais, quand la peau meurt et noircit. Tu n'as pas de taches noires, hein ? Pas de suintements ?

– Non, rien.

– Pas de pustules purulentes non plus ?

– Berk, c'est carrément répugnant. Ça se présente comment ?

– Ça ressemble à une ampoule infectée. J'ai vu des photos sur le Net. C'est horrible !

– Non, je n'ai rien de tout ça.

– Encore heureux que tu n'aies pas été attaqué par une vipère fer-de-lance d'Amazonie. En deux jours, le membre mordu vire au vert puis au noir et ensuite il tombe !

– Sacré coup de bol en effet, ai-je plaisanté. Et qu'est-ce que t'inspire l'absence d'Erik Blair ?

– Je trouve bizarre qu'elle se prolonge à ce point.

– C'est clair. Allez, je te laisse. Envoie-moi un texto dès que tu pourras venir, OK ? On parlera de notre expédition chez Oriana de Witt.

– Sans faute.

16:38

J'ai refait le pansement de ma première blessure, remis de la pommade antiseptique et changé les bandages. Elle cicatrisait bien : presque tous les fils de la suture effectuée par Dep étaient tombés.

Ensuite, j'ai lavé à l'eau froide la zone enflée entourant la morsure de serpent, sur mon autre jambe. J'ai secoué la tête en repensant aux révélations de Boris sur le venin des vipères fer-delance d'Amazonie. Décidément les animaux sauvages ne me réussissaient pas!

25 mars
J –282

La planque
38 St Johns Street

09:15

📟 Vi1 en f1 AM. OK ?

📟 Gnial. Merci. A+

17:03

Cet après-midi, il faisait plus frais. Le soleil venait de se cacher derrière les grands arbres du jardin où je m'étais assis pour lire un livre emprunté chez Dep.

Quelques jours plus tôt, deux hommes en costume et cravate, munis chacun d'un bloc-notes, s'étaient présentés à la porte du squat.

Je m'étais caché sous la maison tandis qu'ils dressaient la liste des caractéristiques de la propriété. Il s'agissait sûrement d'acheteurs potentiels qui envisageaient de la rénover.

Cette visite me préoccupait. Si mes suppositions s'avéraient exactes et qu'ils commencent à la démolir, je serais obligé de chercher une autre planque. Cet endroit n'avait rien d'un palace, mais il était équipé d'un robinet d'eau courante et les toilettes fonctionnaient.

Jennifer Smith ne m'avait pas encore rappelé pour me donner la clé USB. J'espérais qu'on ne l'avait pas gardée à l'hôpital. Cette pensée a réveillé celles pour ma petite sœur Gaby. J'ai ouvert mon téléphone pour regarder la photo prise par Boris. Même si cela me rendait triste, je la contemplais régulièrement.

J'étais sorti au milieu de la nuit dernière afin de récupérer, dans les rues voisines, des meubles jetés au rebut. Désormais, je possédais une autre table, calée avec des briques trouvées sur un chantier, et deux vieux fauteuils rembourrés.

J'avais aussi accroché les dessins de mon père aux murs. Cela me réconfortait de les voir autour de moi. Mais, finalement, j'ai décidé de les retirer au cas où je devrais fuir en catastrophe et n'aurais pas le temps de les décrocher pour les emporter.

Je lisais, histoire de m'occuper l'esprit en attendant Boris, quand un bruit provenant de l'entrée m'a figé sur place. Boris arrivait toujours en rampant sous le plancher. Sans exception. Là, un visiteur cherchait à ouvrir la porte.

J'ai posé mon livre et me suis faufilé à l'intérieur de la maison pour observer l'importun par une fente. En cas d'intrusion, je me tenais prêt à plonger en vitesse dans le trou du plancher.

Dès que j'ai entendu le tintement des clochettes, j'ai deviné qui était là. Et quand les effluves d'un parfum familier m'ont fait tourner la tête, je n'ai plus eu aucun doute.

Ça alors ! Winter avait réussi à découvrir où je me cachais !

J'ai attendu un instant, en tentant de comprendre comment elle y était parvenue, quand sa voix a interrompu le cours de mes pensées :

– Cal ? Cal, je sais que tu es là. Il faut que je te parle. Tu es en danger.

Première nouvelle ! Je ne m'en serais jamais douté si elle ne m'avait pas averti !

– Inutile de faire semblant de ne pas être là ! Ouvre-moi !

De toute façon, elle connaissait mon adresse, maintenant. Qu'elle entre ne risquait pas d'aggraver la situation.

– Tu penses que je t'ai tendu un piège, mais c'est faux, je te le jure !

Elle s'est mise à tambouriner sur la porte et à crier :

– Cal ! Ouvre-moi !

– Tais-toi! Tu veux ameuter la terre entière? C'est une planque, ici, ai-je lancé à travers la fente.

– Je savais que tu étais là! s'est-elle exclamée sans baisser la voix.

Elle s'est précipitée vers la fente d'où je lui avais parlé, s'est penchée et a murmuré :

– S'il te plaît, Cal, laisse-moi entrer. Je te promets que je ne t'ai pas tendu de piège. Je voulais te prévenir qu'ils te suivaient, qu'ils allaient bientôt te rattraper. Tu dois me croire. D'ailleurs, il serait trop tard pour t'enfuir à présent si j'étais leur complice. Ils seraient déjà là!

– Comment as-tu retrouvé ma trace?

À travers la fente, l'œil de Winter, maquillé de fard à paupières gris fumée, paraissait immense.

– Ce serait plus pratique d'en discuter à l'intérieur.

J'ai cédé et ouvert la porte.

– C'était un jeu d'enfant, a-t-elle déclaré en s'avançant dans la pièce principale.

Avant qu'elle ait eu le temps d'en dire davantage, nous nous sommes retournés en entendant du bruit sous le plancher. Ce devait être Boris. Toutefois, je me suis assuré que la voie jusqu'à la porte de derrière était libre. Mon plan d'évacuation d'urgence consistait à franchir la clôture du jardin.

– D'où vient ce bruit? s'est étonnée Winter.

Elle a semblé encore plus surprise en voyant le tapis se soulever au milieu de la pièce, puis la tête et les épaules de Boris apparaître. Il ressemblait à une énorme mangouste. Il n'était qu'à moitié sorti lorsqu'il a aperçu Winter.

– Toi! s'est-il écrié en la fixant avec des yeux ronds.

– Oui, *moi*. Et alors? a-t-elle répliqué d'un ton sec.

Mes yeux allaient de l'un à l'autre tandis qu'ils se dévisageaient d'un air furieux.

Lentement, Boris s'est extirpé du trou.

– C'est toi qui rôdais autour de ma maison! Difficile d'oublier quelqu'un avec des yeux pareils. Et, tu l'ignores peut-être, mais on suspend des grelots au cou des chats pour permettre aux oiseaux de se sauver quand ils approchent. Ce n'est pas très malin d'accrocher des clochettes à sa jupe si on a l'intention d'espionner les gens!

Boris s'est mis à tortiller ses hanches comme une danseuse du ventre.

– Toi, on t'entend arriver à des kilomètres! a-t-il ajouté.

Winter m'a jeté un coup d'œil qui signifiait clairement : « Tu ferais mieux de dire à ton ami de la boucler », avant de brandir une coupure de journal de son sac. Elle l'a agitée sous le nez de Boris :

– Toi non plus on ne risque pas de te rater, gros malin.

« Le meilleur ami de l'ado-psycho ne sait rien sur sa disparition », ai-je lu sous une photo d'assez mauvaise qualité de Boris, debout devant chez lui, dans Dorothy Road.

– Je n'ai pas eu trop de difficultés à deviner où tu habitais, a-t-elle précisé en haussant le sourcil droit.

Ses yeux sombres luisaient d'un éclat intense.

– J'ai repéré ta maison grâce à ce cliché, a-t-elle poursuivi. J'ai aussi remarqué que Zombrovski te surveillait.

Puis elle s'est tournée vers moi pour me lancer :

– Quant à toi, Bruno te cherche dans toute la ville.

– Bruno ? Qui est Bruno ?

– Un des hommes de Sligo. Un grand mec qui se prend pour une terreur. Il porte toujours un horrible gilet rouge.

– Ah oui je vois. Il a failli me coincer au Labtech mais les serpents ont été plus rapides que lui.

Winter a écarquillé les yeux.

– Les serpents ?

– Je te raconterai une autre fois. Dis-m'en davantage sur ce Bruno. Il ne quitte jamais ce gilet ridicule ?

– Bruno occupe une position de choix dans la bande de Sligo. Je ne peux pas le supporter. Il a récupéré ce gilet chez un Chinois, un fana d'arts martiaux. Il est persuadé que les idéogrammes signifient *Master Fighter*, mais moi, j'ai découvert leur véritable sens, s'est-elle esclaffée.

– Et ils signifient quoi, en fait ?

– Je te raconterai une autre fois, a-t-elle répliqué en souriant. En tout cas, tu as échappé à Bruno et Zombrovski parce que ce sont des imbéciles. Pas moi. Il m'a suffi de suivre ton ami l'autre jour jusqu'ici.

Elle a ajouté, en s'adressant à Boris :

– Je t'ai observé pendant que tu regardais autour de toi avant de te faufiler en douce sur le côté de la maison... Je savais à qui tu rendais visite.

Elle a posé les mains sur ses hanches et incliné la tête.

– Tu te croyais malin, hein ? Pourtant tu m'as menée directement à celui que tous les flics de l'État recherchent.

– Donne-moi ça ! a lancé Boris en essayant de lui arracher la coupure de journal des mains.

Plus rapide que lui, Winter l'a fourrée dans son sac.

– Je vois que je n'ai pas besoin de faire les présentations, ai-je plaisanté.

– Non. Alors, c'est toi, Winter Frey, a grogné Boris. Au début, je t'ai prise pour une voleuse qui rôdait autour de chez moi pour me piquer mon portefeuille.

– Ton portefeuille ! Tu délires. Je me moque de ton argent.

« Match nul », ai-je pensé.

– Mais dis-moi, Winter, ai-je demandé, pourquoi tu t'amuses à apparaître et disparaître sans crier gare, comme une illusion d'optique ?

– Je n'ai pas de comptes à te rendre, Cal. Pour qui tu te prends ?

– Je n'aime pas les mystères. Tu sais qui je suis.

– C'est bien là le problème, a coupé Boris. Cette fille en sait beaucoup trop. Et d'abord, qu'est-ce qu'elle fiche ici, hein ? Tu ne m'as pas expliqué qu'elle t'avait dénoncé à Sligo ? Ce n'est pas à cause d'elle que tu as failli te faire découper en rondelles par un train ?

Winter a paru choquée par les paroles de Boris.

– Découper en rondelles ? a-t-elle répété d'une voix adoucie.

– Parfaitement, sale moucharde, il a failli mourir à cause de toi ! a crié Boris.

– Arrêtez immédiatement ! ai-je ordonné en m'interposant entre eux.

Ils me donnaient le vertige à force de se chicaner.

– J'ai assez de problèmes comme ça sans que vous en rajoutiez.

Un peu penauds, ils ont tous les deux baissé les yeux.

Lorsque Boris a relevé la tête, il m'a dévisagé avec un regard amusé.

– Quoi ? ai-je demandé.

– Qu'est-il arrivé à tes cheveux, mec ? s'est-il exclamé avant de piquer un fou rire.

Je me suis tourné vers Winter : elle aussi gloussait !

J'ai senti mes joues devenir écarlates et j'ai lissé mes cheveux. Comme si cela pouvait changer quelque chose à l'affaire.

– Ridicule ! s'est esclaffée Winter.

– Absolument ridicule ! a renchéri Boris.

Si le fait de se moquer de moi mettait fin à leur conflit, j'étais prêt à l'accepter. De toute façon, ma nouvelle coupe style « aile de corbeau écrasée » était atroce, j'en étais conscient.

17:55

Une fois que les plaisanteries sur mes cheveux ont été épuisées, nous sommes allés nous asseoir ensemble sur la véranda, laissant pendre nos jambes dans le vide.

– Quelles nouvelles de ma mère et de Gaby ?

– Rien de neuf, a répondu Boris sans me regarder.

En sentant une main douce se poser sur mon épaule, je me suis retourné, étonné. Winter l'a ôtée immédiatement, comme si elle s'était brûlée.

153

Nos yeux se sont rencontrés un bref instant avant qu'elle ne lisse sa jupe, se lève et s'éloigne. Je la croyais partie quand je l'ai vue à l'écart se blottir à l'autre bout de la véranda.

18:12

Boris avait apporté des petits pains et de la viande froide que nous avons dévorés. Pendant que nous mangions, Winter est restée dans son coin, loin de nous, à faire sonner les clochettes de sa jupe.

Les relations entre Boris et Winter avaient très mal démarré. Winter possédait un caractère difficile, sans aucun doute. Pourtant, elle m'avait posé la main sur l'épaule, comme pour me rassurer.

Je me suis surpris à l'observer à la dérobée...

18:18

Soudain, Winter a levé les yeux vers nous et rompu le silence.

– Il ne faudra pas longtemps à Sligo pour découvrir où tu te caches, a-t-elle lancé.

– Surtout si tu lui as déjà donné l'adresse, a dit Boris.

– Je préfère ignorer cette remarque, a-t-elle répliqué sèchement en essuyant ses paumes sur sa jupe. La stupidité est toujours déplaisante.

– Pour quelle raison voudrais-tu m'aider ? ai-je demandé. Je ne comprends pas.

Elle m'a jeté un regard perçant.

– Tu n'as pas besoin de comprendre.

Elle s'est levée, a descendu les marches branlantes de la véranda et s'est éloignée en écartant les branches devant elle. Puis elle a disparu au milieu de la végétation.

Je l'apercevais de temps à autre – elle cueillait les fleurs violettes et jaunes d'une plante grimpante qui avait envahi le jardin. Assis à côté de moi, Boris l'observait aussi.

– Cal, a-t-il dit en baissant la voix, il faut que tu saches que ton oncle a engagé un détective privé pour retrouver ta trace. C'est ta mère qui me l'a appris. D'après elle, Ralf est déterminé à te ramener à la maison. Il veut que vous formiez à nouveau une famille unie. Il a déclaré qu'il serait de ton côté, te soutiendrait et te procurerait toute l'aide dont tu as besoin.

– La seule chose qui m'aiderait, ce serait de découvrir la vérité au sujet de la Singularité Ormond, ai-je protesté, la peur au ventre à l'idée qu'un ennemi supplémentaire me pourchassait.

Et de faire arrêter les criminels qui tentent de m'anéantir pour profiter du secret de mon père. Si j'y parviens, je n'aurai besoin de personne pour être innocenté. Tout le monde saura que je n'ai pas agressé Gaby et Ralf.

– OK, a grogné Boris. Bon, alors, quel est ton plan ? On va toujours chez Oriana de Witt s'emparer du document qui est sur son bureau ? Et comment on s'y prend pour pénétrer dans son domicile ?

Jusque-là, j'avais compté sur l'aide de Boris ; pourtant, le matin même, j'avais changé d'avis. Je savais qu'il tenait à me seconder et je ne voulais surtout pas le vexer. Toutefois, il n'était pas taillé pour ce genre d'aventure. Boris était un cerveau brillant mais il n'avait rien d'un combattant. Et je ne souhaitais pas du tout l'exposer à d'autres dangers.

J'avais plutôt besoin d'un expert ayant à son actif une participation au championnat d'arts martiaux de Singapour.

– J'ai modifié mon plan après avoir pas mal réfléchi, ai-je annoncé. Si Oriana de Witt découvre que tu t'es introduit chez elle ou que tu lui as volé quoi que ce soit, tu ne tarderas pas à figurer toi aussi sur son tableau de chasse. Et tu connais sa réputation. Alors, même si j'aurais adoré t'emmener avec moi...

– T'inquiète pas, a répliqué Boris un peu trop vite. Tu sais que je reste volontaire si jamais tu changes d'avis.

Winter est réapparue avec un bouquet de fleurs violettes et jaunes. En la voyant s'avancer dans cette lumière douce, sur ce fond de verdure, j'ai cru être victime d'un enchantement.

Elle est venue s'asseoir à côté de moi.

– Tu n'as pas l'air content, a-t-elle remarqué en étalant sa jupe autour d'elle.

– Je n'ai jamais été aussi content de ma vie, ai-je rétorqué. La police me traque, un détective privé s'est lancé à mes trousses, sans compter les deux bandes de gangsters, dont celle de ton Sligo...

Elle m'a aussitôt coupé :

– Ce n'est pas *mon* Sligo !

– Tu traînes avec lui pourtant, s'est empressé de renchérir Boris d'un ton sceptique. Remarque, Cal a peut-être mal compris. Il n'est pas ton Sligo, mais toi, tu es bien sa complice !

Les yeux brillant de fureur, Winter s'est relevée d'un bond.

– Tu ne sais rien de moi ! a-t-elle explosé. Tu ferais mieux de fermer ta grande gueule !

Et elle s'est précipitée à l'intérieur de la maison. J'ai couru après elle.

– Hé ! Repose ça tout de suite ! ai-je crié en la voyant ramasser mon sac à dos.

Elle a fait volte-face, une main sur la hanche, l'autre tenant mon sac.

– Puisque ton soi-disant meilleur ami est trop bête pour te prévenir, il faut bien que je m'en charge ! Crois-moi quand je te dis que tu es en danger ! Tu dois absolument quitter cet endroit !

J'ai froncé les sourcils.

– Tu es au courant de quelque chose que j'ignore ?

– Je les ai entendus discuter hier soir. Sligo semblait savoir dans quelle partie de la ville tu te caches. Le filet se resserre autour de toi. Tu ne peux plus traîner ici, il faut que tu partes.

J'ai repensé à la facilité avec laquelle Bruno, alias Gilet Rouge, et son acolyte m'avaient débusqué au laboratoire où travaillait Jennifer Smith. J'avais en effet l'impression de sentir Sligo se rapprocher.

– Mets vite ça sur ton dos et file, a ordonné Winter en me tendant mon sac. Tu ne comprends donc pas ? J'ai pu le suivre jusqu'ici, a-t-elle expliqué en désignant Boris qui venait de nous rejoindre, et je ne suis pas la seule. Le temps est compté avant que Sligo ou la police ne te découvre.

– Elle a raison, a acquiescé mon meilleur ami.

À son expression, je voyais que ça lui fendait le cœur de l'admettre. Et je savais qu'il se demandait à quel jeu elle jouait. Tout comme moi.

Soudain, un énorme fracas nous a fait sursauter. J'ai vu avec horreur la porte d'entrée délabrée s'écraser sur le sol et une furie échevelée, vêtue d'habits crasseux, une main serrée sur la poignée d'une valise noire en skaï, s'affaler dessus. Elle s'est relevée avec difficulté et s'est mise à hurler, en agitant les bras en direction de la rue :

– Ils me cherchent ! Ils me cherchent !

158

Sur ce, elle a foncé à travers la pièce et disparu par la porte de derrière.

Le bruit de ses pas foulant à toute allure le jardin en friche nous parvenait déjà mais nous restions figés de stupeur. Nous avons rapidement saisi la raison de la fuite éperdue de cette femme : un immense policier portant une tenue anti-émeute est apparu dans l'encadrement de la porte, avec la ferme intention de ne pas laisser sa proie s'échapper.

18:48

– Où est passée cette sale voleuse ? a-t-il rugi en traversant la pièce principale de la maison au pas de course.

Winter s'est ruée sur la porte du jardin. Je me précipitais vers l'entrée... quand j'ai entendu Boris crier.

Aussitôt, je me suis retourné et j'ai vu que l'immense policier avait du renfort.

Son collègue avait contourné la maison et retenait mon ami par le bras. Avant que j'aie eu le temps de réagir, il m'avait attrapé à mon tour et aboyait :

– Contrôle d'identité.

Il me serrait avec une telle force que je ne pouvais pas me dégager.

– Tout de suite, monsieur l'agent, a bafouillé Boris en enfonçant sa main libre dans sa poche.

Zut, je l'avais il y a une seconde et je ne la trouve plus. D'habitude, j'ai toujours ma carte de bus sur moi.

Le gros policier a changé de cible.

– Et toi ? Ta tête m'est familière, a-t-il déclaré en me toisant. On se connaît ?

– Non, m'sieur. Mais vous n'êtes pas le premier à me dire ça. Tout le monde a toujours l'impression de me connaître.

– Joue pas au plus malin avec moi, petit.

– Je ne joue pas au plus malin, m'sieur, je…

– Silence !

Boris cherchait toujours sa carte de bus. Quant à moi, je n'avais rien à montrer. J'ai pensé aux cartes que j'avais prises chez Dep. Je ne pouvais quand même pas les sortir maintenant sous le nez du policier et faire mon choix. Il fallait pourtant que je lui échappe et j'ignorais comment.

– Bon. Vous deux, vous venez avec moi. Je vous emmène au poste. Comme suspects.

– Suspects de quoi ? a demandé Boris.

– De vouloir jouer aux plus malins.

Boris m'a jeté le genre de coup d'œil qu'il m'adressait au foot lorsqu'il se préparait à me faire une passe : il avait l'intention de se sauver.

Il a réussi à se dégager et s'est enfui en courant vers la porte du jardin comme Winter. Malheureusement il était beaucoup plus lent qu'elle. L'agent m'a lâché pour se lancer à sa poursuite.

Au moment où je me glissais dans le trou du plancher, j'ai vu Boris déraper sur une latte pourrie et s'affaler par terre. Le policier a trébuché sur mon ami.

J'ai alors repéré la bombe lacrymogène fixée à son ceinturon. Il me tournait le dos et, en voyant son derrière rebondi, j'ai eu une idée. Je me suis extirpé du trou, j'ai ouvert mon sac en vitesse, sorti une seringue anesthésiante dont j'ai déchiré l'emballage. C'était ma seule chance ! Je ne savais pas où était passé l'autre policier. J'espérais qu'il se trouvait loin d'ici, toujours à la poursuite de sa voleuse.

J'ai enfoncé l'aiguille dans le postérieur du policier. Il s'est redressé en poussant un rugissement de douleur avant de tituber puis de s'effondrer lourdement sur le côté.

Boris s'est relevé à son tour. Stupéfait, il a contemplé l'agent à terre. Ses yeux étaient plus ronds que jamais.

– Impressionnant ! Chapeau, mec !

– Vite ! Filons ! Si jamais son collègue revient, on est fichus !

L'aiguille plantée dans le derrière, le gros policier ne bougeait pas. Je me suis penché pour lui subtiliser sa bombe lacrymogène.

De la rue nous parvenaient à présent les hurlements de la femme. Le policier l'avait maîtrisée et l'entraînait à sa suite en jurant. D'un instant à l'autre, il reviendrait voir où en était son partenaire.

Nous devions disparaître, et vite.

– Tu ferais mieux de la retirer, m'a conseillé Boris en désignant la seringue. À cause des empreintes digitales et de l'ADN.

J'ai rangé la seringue et son capuchon dans l'emballage et remis le tout dans mon sac avant de saisir Boris par le bras.

– On s'arrache !

Nous nous sommes précipités dehors, gardant le dos courbé pour rester à couvert. Boris a avancé prudemment la tête afin de jeter un coup d'œil dans la rue.

– Le car des flics est garé un peu plus loin. Prêt ? On y va !

Nous avons détalé aussi vite que possible, loin de la police et loin du squat.

Je n'avais même pas eu le temps de me demander ce qu'était devenue Winter.

Rue inconnue

22:20

Boris était rentré chez lui depuis longtemps. Je me suis recroquevillé contre la porte d'une maison, dans une petite rue sombre des quartiers ouest de la ville, avec l'intention de me reposer un moment et de bien réfléchir avant de décider de ma destination.

Mes ennuis ne faisaient qu'empirer. Ce policier ne m'oublierait pas et ne me pardonnerait pas non plus de l'avoir mis K-O. Si seulement il pouvait être muté dans une autre région ou changé d'affectation – n'importe quoi pourvu que je ne risque pas de le croiser à nouveau...

En plus, dérober une partie de son équipement à un agent devait être considéré comme un délit grave. Mais je n'avais pas le choix, j'étais obligé d'improviser en fonction de la situation qui se présentait à moi. Je fuyais pour sauver ma peau. Un fugitif en cavale...

J'avais camouflé la bombe lacrymogène dans mon sac à dos avec les charges explosives, tout en prévoyant de trouver rapidement une cachette sûre pour cet arsenal.

Le bruit d'une dispute provenant d'un bâtiment voisin a soudain attiré mon attention. Intrigué, je me suis approché en catimini...

Par une porte ouverte, j'ai aperçu deux hommes qui jouaient aux cartes en s'injuriant. L'un des deux, un chauve, était debout. L'autre joueur, un grand skinhead en blouson de cuir, s'est redressé d'un bond, renversant sa chaise. Avec un rugissement, le chauve a plongé vers la table. Une demi-seconde plus tard, les deux hommes s'empoignaient. La table a basculé et ils ont roulé sur le sol sans se lâcher.

Je ne les ai pas observés longtemps... Les billets éparpillés par terre attiraient irrésistiblement mon regard.

Sans réfléchir, j'ai foncé et ramassé le plus d'argent possible. À l'instant où j'en fourrais une dernière poignée dans ma poche, j'ai levé les yeux.

Debout dans l'encadrement de la porte se tenait une silhouette.

Un ado. Qui me fixait.

La surprise m'a paralysé.

C'était moi! Enfin, je veux dire, lui!

Je contemplais à nouveau mon sosie! Il se tenait là, en chemise et pantalon à pinces, comme s'il sortait du bureau.

Le danger que représentaient les deux joueurs en train de se bagarrer m'est devenu complètement indifférent. Le temps s'était arrêté.

Puis le charme s'est brusquement rompu, j'ai bondi vers mon double en criant:

– Hé, toi!

J'ai lu la crainte dans ses yeux juste avant qu'il ne tourne les talons et qu'il ne s'enfuie en courant.

– Je veux seulement te parler! ai-je hurlé.

Je me suis élancé derrière lui. Heureusement d'ailleurs, car mes cris avaient alerté le skinhead et son partenaire de jeu.

J'avais dévalé la moitié de la rue et je m'apprêtais à tourner au coin quand ils se sont rués à mes trousses. Mon double s'est engouffré dans une ruelle où il a disparu. Avec les deux joueurs furieux qui me pourchassaient, ce n'était pas le moment de m'engager dans un endroit inconnu. Et risquer de tomber dans un cul-de-sac. J'ai filé tout droit en enfonçant l'argent au fond de mes poches pour ne pas le perdre.

Les cris de rage de mes poursuivants avaient beau s'éloigner, je continuais à courir. Mon sac rebondissait sur mon dos, me martelant les côtes. Je me suis demandé à quel type de choc les détonateurs devaient être soumis pour déclencher une explosion.

Je n'ai pas mis trop longtemps à semer les deux hommes. Hors d'haleine, j'ai marqué une pause, le temps de reprendre mon souffle. Mes pensées se bousculaient :

Qui était ce garçon au même visage que moi ?

Par quel étrange hasard se trouvait-il justement dans les rues de ce quartier mal famé, habillé comme un employé de banque ?

Et surtout, pourquoi se sauvait-il à chaque fois qu'il me rencontrait ?

Il m'avait reconnu malgré mes cheveux noirs...

Lentement, mon cœur a retrouvé son rythme normal. J'ai compté l'argent que j'avais ramassé. Une belle somme. Puis, ma capuche rabattue sur les yeux, j'ai pris la direction de la gare.

26 mars
J –281

Le repaire de Dep

00:15

___

Je me sentais un peu idiot de cogner sur le fond d'une vieille armoire de bureau en pleine nuit dans un entrepôt de chemin de fer désaffecté. Je me demandais si Dep me répondrait alors que je venais le déranger à minuit passé. Mais j'avais une affaire pour lui.

Comprenant qu'il ne donnerait pas signe de vie avant de savoir qui frappait à sa porte, je l'ai appelé à voix basse :

– Dep ! C'est moi, Cal ! J'ai un boulot à vous proposer.

Un long silence a suivi mes paroles. Il n'était peut-être pas là, après tout. J'allais faire demi-tour quand j'ai entendu sa voix :

– Quel genre de boulot ?

– Un truc qui devrait vous intéresser.

– Tu es sûr qu'il n'y a personne avec toi ?

– Je suis seul.

Je trépignais d'impatience. Il fallait qu'il me laisse entrer.

– Je t'écoute.

– J'ai besoin d'aide pour m'introduire dans une maison, mais ça peut se révéler dangereux. J'ai pensé à vous parce que vous avez été ceinture noire.

Je l'ai entendu se racler la gorge.

– C'est exact.

– Ouvrez-moi, s'il vous plaît. Il faut qu'on parle affaires ensemble.

Long silence.

J'ai insisté :

– Je vous apporte de l'argent…

Je l'ai entendu tirer le gros coffre en bois qui bloquait la porte.

Le fond de l'armoire a pivoté et son visage maigre est apparu.

– Pourquoi diable ne l'as-tu pas dit tout de suite ? Entre, mon garçon.

À l'intérieur de son repaire, les piles d'objets entassés semblaient encore plus nombreuses que la dernière fois. J'ai baissé la tête pour passer sous la corde à linge, contourné une colonne de livres instable et posé une liasse de billets sur la table. Dep s'en est aussitôt emparé.

– Il s'agit d'un boulot sur mesure pour une ceinture noire qui a remporté le championnat de Singapour, ai-je déclaré.

– En réalité, a-t-il murmuré tout en comptant les billets, ce championnat, j'ai seulement *failli* le remporter.

– Ce n'est pas grave. Vous êtes arrivé deuxième ?

– Pas exactement.

– Vous dites que vous avez *failli* gagner !

– Oui, j'ai failli le gagner.

– Mais encore ? ai-je questionné avec impatience.

– En réalité, j'ai *failli* aller à Singapour.

J'ai écarquillé les yeux.

– Vous n'êtes même pas allé à Singapour ?

– J'en avais l'intention, malheureusement j'ai raté l'avion.

– Vous avez prétendu que… Vous n'avez pas participé à une seule épreuve ?

Dep a repoussé ses cheveux fins sur son front.

– Si j'y étais allé, j'aurais remporté le championnat !

– Génial, ai-je lancé avec colère. Je reprends mon argent, merci !

Il a éclaté de rire et son visage s'est plissé.

– Je suis un bagarreur féroce ! J'ai fait mes preuves dans les combats de rue. Laisse-moi te montrer de quoi je suis capable. Tu ne seras pas déçu !

– Je le suis déjà.

– Donne-moi une chance plutôt que de te braquer.

– Mon argent, s'il vous plaît, ai-je exigé en tendant la main.

Il a lentement sorti de sa poche les billets puis a suspendu son geste :

– Si tu acceptes mon aide, tu ne le regretteras pas. Je cours vite, et je réfléchis encore plus vite en cas de problème.

Il s'est tu un instant avant de déposer les billets dans la paume de ma main. J'ai fixé ses gros yeux globuleux en repensant au minuscule ange gardien qu'il m'avait offert. Ma main s'est refermée.

– Voilà mes conditions, ai-je annoncé. Deux cents dollars en tout. La moitié maintenant, l'autre moitié quand le boulot aura été achevé.

Puis j'ai ajouté :

– Et je dors ici cette nuit.

Ses doigts osseux ont vivement serré ma main.

– Marché conclu. Je ne te laisserai pas tomber.

30 mars
J –277

Maison d'Oriana de Witt

18:13

Accroupis dans les buissons, nous observions la maison d'Oriana de Witt depuis un moment.

Quelques personnes étaient entrées et ressorties. Oriana avait quitté son domicile dix minutes plus tôt dans sa Mercedes bleu foncé, accompagnée d'un homme qui semblait être son garde du corps.

Comme elle avait crié quelque chose vers la maison en partant, nous savions qu'il restait au moins une personne à l'intérieur.

L'avocate pouvait revenir d'un instant à l'autre. Il fallait donc agir vite.

Je m'apprêtais à passer à l'action. Le poids de la bombe lacrymogène dans la poche de mon sweat me rassurait. J'ai vérifié que le carnet à souches contenait la fiche de livraison que nous avions remplie.

Entre Dep et moi était posée une étroite boîte blanche entourée d'un ruban de satin rouge, qui contenait une douzaine de roses pourpres à grande tige.

Je portais une tenue dénichée dans la collection de Dep : casquette noire, chemise gris clair à manches longues, pantalon noir, badge autour du cou. J'avais même ajouté deux stylos à ma panoplie.

J'ai sorti la bombe lacrymogène de ma poche pour vérifier le sens dans lequel je devais la diriger.

– Où as-tu trouvé ça ? s'est étonné Dep.

– Je l'ai « empruntée » à un flic.

– Tu sais t'en servir ?

– Il suffit de viser et d'appuyer.

– Fais attention au vent. Tu pourrais recevoir du produit dans les yeux et crois-moi, c'est très douloureux.

– Dès que la porte s'ouvre, je fonce, et si quelqu'un se met en travers de notre route, je l'asperge de gaz.

Ma voix exprimait une assurance que j'étais loin de ressentir. J'avais un trac fou. Pour la première fois, je ne fuyais pas cette femme et ses acolytes ; non, je choisissais au contraire de lui livrer bataille sur son propre terrain.

J'espérais que la feuille vue sur la photo était bien une copie de l'Énigme Ormond et qu'elle serait toujours placée sur le bureau du premier étage. J'avais absolument besoin de prendre une longueur d'avance sur tous ceux qui s'y intéressaient.

– Vous êtes prêt ? ai-je murmuré à mon compagnon.

Dep a hoché la tête.

– C'est parti.

Je me suis levé, j'ai lissé mes vêtements, peigné mes cheveux, puis coincé la boîte de roses et le carnet à souches sous mon bras. Je me suis efforcé de paraître plus âgé, d'avoir l'air naturel – comme si livrer des fleurs était mon gagne-pain quotidien –, et je me suis avancé à larges enjambées vers la porte d'entrée. J'ai frappé.

Au bout de quelques secondes, j'ai entendu des pas s'approcher. La porte s'est ouverte sur un type à l'allure de sumo. C'était l'homme qui se trouvait dans le bureau en compagnie d'Oriana de Witt, la nuit où j'avais escaladé le grand pin pour l'épier par la fenêtre. Il était à peu près aussi large que haut, une véritable montagne.

Il a plissé ses petits yeux en me voyant :

– Qu'est-ce que tu veux, mon pote ?

Mon pote. Je me rappelais avoir été interpellé de cette façon en janvier, le soir de mon enlèvement à Memorial Park. J'étais sûr que c'était lui qui m'avait jeté dans le coffre de la Mercedes.

Pourvu qu'il ne me reconnaisse pas !

Conformément au scénario établi avec Dep, j'ai déclaré :

– Je dois livrer des roses à cette adresse. Pour...

J'ai consulté mon carnet.

– ... une certaine Oriana de Witt. Signez ici, s'il vous plaît, monsieur.

Je lui ai tendu la boîte et le carnet avec le reçu.

– Une livraison à cette heure ? a-t-il grogné.

– Désolé, monsieur, le client a dit que c'était très urgent.

Il a froncé les sourcils, grogné de nouveau puis s'est avancé pour prendre la boîte. À cet instant, j'ai sorti la bombe lacrymogène de ma poche et je lui ai aspergé le visage de gaz.

– Voilà pour toi !

Il a rugi de douleur et reculé en titubant tandis que je remettais la bombe dans ma poche.

Dep était déjà derrière moi.

– Retenez votre respiration ! ai-je crié. Protégez-vous les yeux !

À nous deux, nous avons attrapé le sumo et l'avons flanqué dehors avant de claquer la porte derrière lui. Son corps a dévalé les marches.

Mes yeux me brûlaient et je toussais, mais j'ai traversé le hall à toute vitesse.

– Ça va ? a demandé Dep qui toussait et avait les yeux qui pleuraient lui aussi.

– Je crois, oui.

En quelques secondes, nous étions en haut de l'escalier. Nous avons foncé dans le couloir et poussé chaque porte jusqu'à ce que je découvre la pièce que je cherchais : le bureau d'Oriana de Witt !

Face à sa table de travail s'ouvrait un dressing rempli de robes et de chaussures. Au-dessus des robes, sur une étagère, étaient alignées quatre perruques rousses sur des porte-coiffes, telles des têtes coupées. Au-delà se trouvait la somptueuse chambre à coucher de l'avocate, entièrement meublée en noir et or. Un lustre imposant la couronnait. Mais je n'avais pas le temps d'admirer la décoration.

Nous ne disposions que de quelques minutes avant que le sumo ne retrouve ses esprits et passe à l'attaque.

– Qu'est-ce qu'on cherche en priorité ? a questionné Dep.

Tout en feuilletant fiévreusement les piles de papiers qui encombraient le dessus du bureau, j'ai répondu :

– Je m'en occupe. Jetez un œil par la fenêtre et dites-moi si vous voyez le garde du corps.

Dep est allé se poster près de la fenêtre mais il a vite reculé d'un bond.

– Il a l'air dans les vapes, il a dû se cogner la tête, en revanche tu as intérêt à te grouiller parce que la Mercedes bleue vient de se garer en bas, dans l'allée.

Mes mains tremblaient. Je n'avais rien trouvé sur le bureau. J'ai ouvert fébrilement le premier tiroir. Des voix provenaient du jardin. La porte d'entrée a claqué quelques secondes plus tard : des pas de course ont retenti dans le hall. J'ai renversé le deuxième tiroir.

Rien.

Dans le troisième, j'ai découvert une boîte carrée en argent. Peut-être contenait-elle le texte de l'Énigme ?

Lorsque je l'ai prise pour en soulever le couvercle, elle m'a glissé des doigts et des centaines de minuscules perles en sucre argentées s'en sont échappé et ont rebondi sur le bureau telles des petites billes avant de rouler sur le sol dans toutes les directions.

– Vite, mon garçon ! m'a pressé Dep.

Le regard tourné alternativement vers l'extérieur et l'intérieur de la pièce, il trépignait à côté de la fenêtre.

Je n'avais pas besoin d'un stress supplémentaire, je ne pouvais pas me dépêcher davantage. Il ne me restait qu'un tiroir à explorer : celui du bas.

– Aidez-moi ! ai-je crié alors que des pas montaient déjà l'escalier. Il est fermé à clé !

Dep m'a écarté pour forcer la serrure avec un long coupe-papier très fin. Elle a cédé. Les pas se rapprochaient. D'une seconde à l'autre, ils atteindraient la porte du bureau. Dep s'est précipité vers un gros coffre qu'il a tiré à travers la pièce.

Les papiers volaient autour de moi tandis que je cherchais désespérément la feuille couleur crème que Boris et moi avions repérée sur la photo.

Dep continuait d'empiler les meubles contre la porte. Il venait d'ajouter au coffre des fauteuils et une bibliothèque renversée : des dizaines de livres étaient éparpillés au sol.

Je ne trouvais absolument aucun document qui ait un rapport quelconque avec l'Énigme ou l'ange Ormond. Dans le couloir résonnaient maintenant des voix furieuses, de plus en plus proches.

C'est alors que, tout au fond du tiroir, j'ai repéré un dossier. Je l'ai ouvert : il contenait un épais parchemin de couleur crème ! Malgré les coups qui commençaient à pleuvoir sur la porte, un frisson d'excitation m'a parcouru de la tête aux pieds. Calligraphiés en caractères anciens, se détachaient ces deux mots magiques : *Énigme Ormond*.

Et dessous, tracé dans la même écriture, le texte de l'Énigme.

L'Énigme Ormond !

Je la cherchais depuis le mois de janvier! Je n'en croyais pas mes yeux! Je tenais enfin l'Énigme Ormond entre mes mains! Mais pour combien de temps?

Nous devions à tout prix nous enfuir. Je la lirais plus tard.

La porte s'entrouvrait déjà en dépit de la montagne de meubles échafaudée par Dep.

Un bras s'est glissé dans l'entrebâillement, puis une épaule...

Avec un grognement, Dep a ajouté un fauteuil sur la pile. Mais la porte continuait à s'ouvrir inexorablement.

Arc-bouté contre son barrage de fortune, il s'est tourné vers moi.

– Sauve-toi par la fenêtre, Cal! Je m'occupe d'eux! Vite! Ne perds pas de temps!

– Pas question! Vous venez avec moi, je ne vous abandonne pas!

J'étais presque arrivé à la fenêtre, le précieux dossier contenant l'Énigme serré contre moi, lorsqu'une violente secousse a renversé Dep.

L'un des gardes du corps d'Oriana de Witt a jailli dans le bureau et bondi vers moi.

Au moment où il me plaquait au sol, nos regards se sont croisés. C'était l'individu au tatouage violet en forme de larme! Le gars qui se faisait tabasser et que j'avais sauvé le soir où le casino avait explosé, en janvier!

Kevin!

Il a eu une seconde d'hésitation en me reconnaissant et il a aussitôt relâché sa prise. J'en ai profité pour rouler sur le côté et ramper jusqu'à la fenêtre dont j'ai enjambé le rebord, le dossier contenant le parchemin coincé sous un bras...

En me retournant, j'ai vu Dep sauter sur le dos du tatoué. Même s'il m'avait menti à propos de la compétition de Singapour, il se débrouillait comme un champion.

– Va-t'en ! a-t-il crié en neutralisant son adversaire. Je m'occupe de lui !

Un craquement terrible a retenti du côté de la pile de meubles et la porte s'est refermée en claquant, mais je savais qu'il ne s'écoulerait que quelques secondes avant qu'un des acolytes d'Oriana de Witt parvienne à renverser les fauteuils, la bibliothèque, les meubles et autres objets amoncelés par Dep ! J'ai saisi la boîte en argent et vidé le reste des perles en sucre par terre.

– Cal, qu'est-ce que tu fabriques ? Dégage ! a hurlé Dep.

Je l'ai regardé, hésitant à le laisser seul face à ces dangereux adversaires.

– Va-t'en, je te dis !

Les autres étaient sur le point de défoncer la porte à présent. J'ai enjambé la fenêtre et rampé sur une branche du pin qui poussait contre la maison.

Un dernier coup d'œil et j'ai vu Kevin en train de perdre l'équilibre sur les billes minuscules éparpillées dans la pièce. Il a battu des bras et des jambes avant de s'écraser sur le dos.

Dep m'a fait signe de filer en vitesse. Je ne pouvais pas attendre plus longtemps. J'ai calé le dossier dans mon jean, glissé sous la branche puis je me suis laissé tomber au sol.

Le souffle coupé, je suis resté étendu un instant sans bouger tandis que la nuit m'enveloppait. J'avais l'impression qu'un éléphant s'était assis sur ma poitrine.

J'ai enfin réussi à me mettre à quatre pattes. La bombe lacrymogène que j'avais dans la poche m'avait meurtri la hanche mais j'avais toujours avec moi le dossier renfermant l'Énigme Ormond. Je l'ai pris dans mes mains moites.

Le temps m'était compté. Sur les marches du perron, le sumo que j'avais aspergé de gaz lacrymogène commençait à remuer.

Kevin ou Oriana de Witt n'allait pas tarder à se lancer à ma poursuite. Et il était trop tard pour m'inquiéter du sort de Dep. J'espérais de tout cœur qu'il parviendrait à s'en sortir. Me redressant d'un bond, je suis parti en courant.

J'avais l'Énigme Ormond en ma possession ! Bientôt, je comprendrais enfin le mystère de la Singularité Ormond et je saurais ce qu'il signifiait pour ma famille.

21:02

J'ai couru tout le long du chemin, ralentissant seulement pour ranger le dossier dans mon sac. J'ai cru que j'allais m'évanouir d'épuisement. Je ne savais pas très bien où je me trouvais et j'avais mal partout, mais plus rien n'importait. Je l'avais ! Je détenais l'Énigme Ormond !

Je mourais d'impatience de la lire, de découvrir quel lien elle pouvait avoir avec les dessins de mon père. Mais dans l'immédiat, il me fallait quitter Richmond.

Oriana de Witt mettrait tout en œuvre pour récupérer son précieux parchemin. Désormais la ville ne serait pas assez grande pour me cacher.

31 mars
J –276

07:03

Quand le soleil s'est levé, je me traînais en boitillant dans une étroite ruelle, après avoir dormi deux ou trois heures sous un petit pont. Je m'inquiétais pour Dep. Je me demandais s'il avait réussi à échapper aux griffes des gardes du corps d'Oriana de Witt. Je ne disposais d'aucun moyen d'entrer en contact avec lui pour m'en assurer.

J'ai décidé de m'armer de patience et d'attendre de pouvoir joindre Boris pour lire l'Énigme avec lui. Il serait drôlement étonné d'apprendre que Dep et moi étions parvenus à nous glisser dans le bureau de l'avocate et à lui voler le document. Il le serait encore plus quand je lui révélerais qu'on avait entre nos mains, non pas simplement le texte, mais le *manuscrit* de l'Énigme Ormond !

J'étais épuisé, j'avais mal partout, cependant je me sentais en pleine forme, confiant. Je venais de faire un pas de géant qui me permettrait d'obtenir quelques réponses et m'aiderait à sortir de ce cauchemar absolu.

Lorsque, en explorant la Vallée des Rois, en Égypte, les archéologues avaient mis au jour pour la première fois depuis trois mille ans le sarcophage en or de Toutankhamon, ils avaient dû éprouver la même exaltation.

Avec ce trésor caché dans mon sac à dos, j'espérais trouver enfin une logique aux dessins de mon père. Était-ce à lui qu'Oriana de Witt avait volé le texte de l'Énigme ? Ou bien l'avait-elle découverte dans une collection privée grâce à ses relations ?

Je devais également prévenir Boris que je partais pour Mount Helicon, chez mon grand-oncle Bartholomé, l'aviateur. J'ignorais encore comment m'y rendre. J'étais prêt à faire le chemin à pied si nécessaire...

11:48

J'arpentais les rues en prenant au jugé la direction de Mount Helicon quand un gros pick-up poussiéreux a tourné au coin de la rue sur les chapeaux de roues et a failli me renverser.

En sautant sur le trottoir pour l'éviter, j'ai soudain entrevu l'opportunité qui s'offrait à moi.

En un quart de seconde, ma décision a été prise : j'ai agrippé le bord du plateau pour me hisser à l'intérieur et je me suis laissé tomber au milieu du fouillis qu'il contenait.

Il fallait être fou ou inconscient pour espérer que le chauffeur n'aurait rien remarqué malgré sa façon de conduire des plus fantaisistes. J'ai rebondi comme une balle de coton à l'arrière du pick-up pendant environ deux cents mètres jusqu'à ce qu'il ralentisse et s'arrête.

Le chauffeur est descendu avant que j'aie eu le temps de me relever. Il avait une carrure de lutteur, des épaules larges, un cou de taureau et des cheveux peignés en arrière au-dessus d'un visage furieux tanné par le soleil.

– Hep, toi ! Descends de là ! À quoi tu joues ?

Trop fatigué pour discuter, trop épuisé pour quémander quoi que ce soit, j'ai balancé mon sac à dos sur la chaussée et je suis descendu du plateau.

– Qu'est-ce que tu caches là-dedans ? a-t-il beuglé en ramassant mon sac pour le fouiller. Tu t'imagines que tu peux monter comme ça te chante à l'arrière de mon pick-up ?

Il était trop costaud pour que je me risque à le contredire.

Il a sorti toutes mes affaires – mes vêtements, le dossier contenant le parchemin, qu'il ne s'est pas donné la peine d'ouvrir – puis il a plongé la main au fond et il a extrait des paquets de fruits secs et les seringues anesthésiantes.

Me fixant avec des yeux soupçonneux, il a aboyé :

– Qu'est-ce que c'est ? De la drogue ?

– Des produits vétérinaires. Regardez la boîte. Je ne mens pas.

Il a lu l'étiquette.

– Et pourquoi tu transportes ces trucs ?

– Je les apporte à mon grand-oncle qui vit à la campagne, ai-je répondu sans réfléchir. Il possède une ferme à Mount Helicon.

L'homme m'a adressé un regard méfiant. Heureusement, la sonnerie de son téléphone, à l'intérieur du pick-up, a détourné son attention. Il a jeté un coup d'œil à sa montre puis s'est dépêché de ranger toutes mes possessions dans mon sac.

– Prends tes affaires et tire-toi ! a-t-il déclaré en le lançant à la volée dans ma direction.

J'étais soulagé qu'il n'ait pas remarqué les explosifs ni fouillé mes poches et découvert la bombe lacrymogène. J'aurais eu du mal à lui fournir une explication plausible.

Il est remonté sans attendre sur son siège et a démarré en trombe en m'expédiant une gerbe de graviers dans les jambes.

12:23
_____

Je pouvais à peine mettre un pied devant l'autre. J'avais l'impression de marcher sur des braises.

186

Non seulement j'avais les pieds meurtris, mais je sentais que les blessures à mes deux jambes – bien qu'en voie de guérison – avaient souffert quand j'avais sauté de l'arbre chez Oriana de Witt. Qu'outre les courbatures et la fatigue, mes plaies s'étaient rouvertes. D'ailleurs du sang maculait mon jean.

Il fallait pourtant que je quitte la ville, même si je devais effectuer le chemin à pied alors que le moindre mouvement m'était douloureux.

Grimaçant à chaque pas, j'ai continué d'avancer en me traînant. Je finirais bien par rejoindre la route en direction de l'ouest.

12:37

Un véhicule a ralenti derrière moi. Je me suis retourné pour voir qui était au volant.

Mon cœur s'est serré en reconnaissant l'homme à la carrure de lutteur.

Je n'avais plus la force d'affronter de nouveaux problèmes. Ni de courir. Le conducteur a pilé à ma hauteur.

Je me suis préparé au pire, sans avoir la moindre idée de ce qui allait se passer.

– Allez, monte ! a lancé le chauffeur après avoir baissé sa vitre.

Je l'ai dévisagé avec surprise.

– J'ai loupé ma livraison, alors je m'suis dit que je pouvais t'avancer si t'étais toujours dans l'coin.

J'ai hésité. C'était à mon tour de me méfier.

Le costaud s'est penché pour ouvrir la portière côté passager.

– Qu'est-ce que t'attends? Tu veux que j't'emmène ou pas?

La perspective de m'asseoir et de me reposer en me rapprochant de ma destination était trop tentante pour que je rejette son offre. J'ai grimpé dans la cabine.

– Écoute, s'est-il excusé, je regrette pour tout à l'heure. J'ai eu une matinée de chien qui m'a mis en rogne. Mais c'était pas une raison pour me défouler sur toi. Même si ça se fait pas de sauter à l'arrière d'un véhicule en marche.

– Je sais, je suis désolé.

– J'm'appelle Clark Drysdale.

– Moi Tom.

Nous nous sommes serré la main.

– Rappelle-moi où tu vas exactement, Tom.

– À Mount Helicon, dans les Highlands, chez mon grand-oncle, ai-je répondu, en oubliant la prudence la plus élémentaire.

– J'peux t'avancer. T'as l'air plutôt crevé si tu veux mon avis.

– C'est vrai. Merci, m'sieur. Un bout de route me convient déjà très bien.

J'ai appuyé mon sac à dos contre la vitre et laissé retomber ma tête dessus.

14:52

Je me suis réveillé en hurlant et en me débattant, à coups de bras et de jambes, complètement désorienté. Puis je me suis calmé et, gêné, j'ai regardé autour de moi en me souvenant de l'endroit où je me trouvais : la cabine du pick-up de Clark Drysdale. Dehors, la campagne défilait derrière les vitres. Je me suis senti idiot.

– T'as fait un sale cauchemar, dis donc, a lancé le chauffeur.

– Où est-ce qu'on est ? ai-je demandé.

Je me suis redressé sur le siège pour voir si je reconnaissais le paysage.

Épais buissons de chaque côté, fermes disséminées çà et là en retrait de la route, saules plongeant leurs branches vertes dans une rivière. Nous roulions en pleine nature. Et c'était le bruit des roues du véhicule sur le pont que nous venions de franchir qui m'avait réveillé en sursaut.

– T'es resté dans les vapes un sacré bout de temps. Drôle de rêve que t'as dû faire, s'est esclaffé Clark. Tu te débattais en flanquant des coups dans tous les sens comme si tu avais le diable aux trousses.

– Vous n'êtes pas loin de la vérité, ai-je répondu en repensant à mon cauchemar.

J'étais dans la mer, encerclé par les requins, lorsque l'ange Ormond – qui avait les traits de Winter – m'avait sorti de l'eau pour me jeter sur le rivage. Mais le chien blanc en peluche me fixait de ses yeux d'un jaune flamboyant et me narguait. Il m'empêchait d'approcher de la clé USB qu'il avait volée à Jennifer Smith. Alors que je tentais de m'en emparer malgré tout, le chien s'était transformé en mon sosie... et avait essayé de me tuer !

– On me poursuivait, ai-je simplement avoué.

– Eh ben, j'espère que tu t'en es tiré ! a plaisanté Clark. Dis-moi, Tom, qu'est-ce qui t'arrive ?

– Ce qui m'arrive ? ai-je fait, redoutant soudain qu'il m'ait reconnu. Rien de bien extraordinaire. Je suis obligé de quitter le lycée pour trouver du travail. Ma famille a des ennuis.

Ça, au moins, c'était vrai. J'ai poursuivi :

– J'ai pensé que le mieux serait d'abord d'aller voir mon grand-oncle. Au cas où il pourrait nous tirer de ce mauvais pas.

Clark a hoché la tête comme s'il comprenait.

– Moi aussi j'espère commencer bientôt un nouveau boulot. Je dois rencontrer un gars dans une grosse ferme du Riverland. Mais c'est pas facile de se recaser à la campagne.

Il a froncé les sourcils et s'est tourné vers moi :

– T'as pas trouvé de job en ville ?

– J'ai besoin d'être au grand air. Je ne supporte pas de rester enfermé.

– J'vois c'que tu veux dire.

16:55

Nous nous sommes arrêtés dans une station-service pour faire le plein, nous dérouiller les jambes, acheter des sandwichs, du chocolat et des cannettes de soda à un distributeur automatique. J'ai voulu donner de l'argent à Clark pour l'essence, il a refusé d'un geste de la main.

– J'ai un boulot, moi. Garde ton argent, Tom.

J'avais toujours les cent dollars que j'avais promis à Dep, cachés dans mes baskets neuves, mais je ne savais pas combien de temps ils dureraient.

Dep... Pourvu qu'il s'en soit tiré sain et sauf.

18:20

Nous avions repris la route depuis une heure environ quand j'ai remarqué que Clark levait très souvent les yeux vers le rétroviseur central.

Il paraissait préoccupé.

– Qu'est-ce qu'il y a ?

– Peut-être bien que j'deviens parano, a-t-il grommelé, mais j'crois qu'on nous suit.

J'ai aussitôt senti mon estomac se nouer et mes muscles se contracter.

Il s'est penché vers moi et m'a demandé très sérieusement :

– Qui te poursuit, Tom ?

Puis il a éclaté de rire.

– Ah ! Tu verrais ta tête !

Soulagé, j'ai ri à mon tour en comprenant qu'il plaisantait.

– Tout de même, je trouve ça bizarre. On ne croise pas beaucoup de ces énormes 4x4 sur les routes par ici, et ça fait un bout de temps que j'en ai un derrière moi.

J'ai tourné la tête pour voir de quoi il parlait. En effet, à quelque distance de notre pick-up, roulait un énorme 4x4 rouge et argent flambant neuf, perché sur des roues gigantesques.

Je me suis tassé sur le siège.

– Il nous suit depuis longtemps ? me suis-je inquiété.

– En fait, je l'ai remarqué dès qu'on a quitté la ville. Il s'est arrêté à la station-service où on a acheté les sandwichs. Ça passe pas inaperçu ce genre de monstre ! Son conducteur non plus. Je lui ai jeté un coup d'œil au passage et j'peux t'assurer que j'aimerais pas me frotter à lui. Il est encore plus baraqué et plus moche que moi ! On dirait un de ces lutteurs japonais. Le gars qui l'accompagne est plus chétif. Ils vont peut-être dans le Riverland, eux aussi.

Ainsi l'affreux sumo et son pote Kevin, les sbires d'Oriana de Witt, avaient retrouvé ma trace ! Et évidemment ils allaient dans la même direction que nous.

– Parfois, je sens de drôles de trucs, a repris Clark. C'est instinctif, chez moi. Eh bien, la tronche de ces types ne me revient pas.

18:32

Nous avons continué à rouler un moment en silence pendant que Sumo et Kevin nous collaient au train.

– Ils ne nous lâchent pas d'une semelle, s'est esclaffé Clark en secouant la tête après avoir jeté un nouveau coup d'œil dans le rétroviseur.

Il m'a regardé avec un grand sourire :

– Je vois pas pourquoi on nous suivrait !

J'ai essayé de sourire à mon tour, mais je savais bien que nous foncions tout droit au-devant de gros ennuis. Je me suis enfoncé un peu plus dans mon siège. Il n'y avait pas de quoi se réjouir. Ceux qui nous talonnaient ne plaisantaient pas : ils savaient que je me trouvais dans le pick-up de Clark.

18:55

– Bon sang, qu'est-ce qu'il fabrique ? s'est exclamé Clark en fixant son rétroviseur.

J'ai jeté un coup d'œil par-dessus mon épaule. Le 4x4 touchait presque le pick-up.

Son énorme calandre, renforcée par un pare-buffle, remplissait la lunette arrière.

À cet instant, un choc puissant a fait bondir notre camionnette en avant et nous a projetés contre le tableau de bord. Le monstre ne se contentait plus de nous coller, il venait de nous percuter.

– Il est complètement cinglé! a crié Clark en appuyant à fond sur son klaxon. À quoi il joue? Il veut nous envoyer dans le décor?

En effet le 4x4 nous harcelait, nous poussait, nous emboutissait. Conscient que Clark me jetait à présent des regards furieux tout en s'efforçant de maintenir une trajectoire rectiligne, je n'ai rien répondu.

– Il y a un problème? m'a-t-il lancé. Pourquoi tu te caches? Non mais tu t'es vu, tassé sur ton siège! T'essaies de te rendre invisible ou quoi? Toi, tu n'as pas la conscience tranquille!

Un autre coup violent a obligé Clark à s'accrocher à son volant pour ne pas quitter la route. Affolées, les voitures qui nous croisaient multipliaient les coups d'avertisseurs.

Il venait juste de redresser le pick-up quand le 4x4 a accéléré pour nous percuter plus violemment.

Clark a lâché un juron.

– Tu ferais mieux de m'expliquer ce qui se passe! Si tu sais quoi que ce soit, parle!

Il était temps d'avouer la vérité.

– Des gens me poursuivent. Ils veulent me voler un document que mon père m'a donné avant de mourir. C'est une histoire longue et compliquée. Je suis désolé. Il ne faut surtout pas qu'ils me rattrapent ! Je dois absolument rester en vie pour sauver ma famille !

Un autre coup de boutoir a soulevé notre camionnette sur ses deux roues gauches. Terrifié, je me suis cramponné au tableau de bord.

– C'est pas le moment de s'raconter des craques ! a déclaré Clark, bien conscient de la gravité de la situation. Je sais pas pourquoi, mais je te crois. Et je déteste par-dessus tout ces saletés de voyous qui essaient de vous intimider avec leur 4x4 dernier cri.

19:09

Le véhicule rouge et argent continuait à emboutir notre pick-up par l'arrière, au risque de nous fracasser contre une voiture arrivant en sens inverse. Si la circulation avait été plus dense, nous aurions sûrement provoqué une collision.

Une nouvelle poussée nous a envoyés valser sur le bas-côté. Cette fois, Clark a eu les pires difficultés à reprendre le contrôle de sa trajectoire.

– Attends un peu ! J'ai une idée pour me débarrasser d'eux ! s'est-il écrié en appuyant à fond sur la pédale d'accélérateur.

Il a enclenché un bouton sous le tableau de bord et le pick-up a fait une embardée en avant. J'ai vu l'aiguille du compteur de vitesse monter de 90 km/h à 130, 140, 150...

Clark jubilait.

– Ça me rappelle ma dernière course de stock-cars ! Je l'avais gagnée d'ailleurs !

Nous foncions maintenant à toute allure en rebondissant sur les cahots de la route. Les arbres défilaient à une vitesse folle. Je me cramponnais en espérant que Clark était aussi bon conducteur qu'il le paraissait.

Pendant quelques minutes, nous avons pris une confortable avance sur le 4x4 aux roues géantes. Mais nous l'avons vite perdue. Les phares du monstre ont commencé peu à peu à se rapprocher.

Bientôt un autre choc brutal nous a fait déraper sur le côté. Clark a contrôlé la glissade et redressé le pick-up d'une main de maître.

Cette poursuite infernale ne pourrait pas durer éternellement.

– Je ferais mieux de sauter, ai-je décidé. C'est moi qu'ils veulent. Il n'y a aucune raison que vous risquiez votre vie pour moi.

Lancés à cette vitesse, nous avions peu de chances d'échapper à la mort.

Clark m'a jeté un coup d'œil en biais.

– Qu'est-ce que tu racontes ? T'es complètement fou ! Comme si j'allais te laisser tomber maintenant.

Il s'est arc-bouté sur le volant.

– Heureusement que mon pote, un fondu de mécanique, a gonflé le moteur ! On va les semer ! Te bile pas !

Pourtant, quelques instants plus tard, Clark a froncé les sourcils. Quand il a repris la parole, sa voix tremblait :

– Je n'y arrive pas ! Ils ne me lâchent pas d'un pouce !

L'aiguille du compteur indiquait à présent 180 km/h. Agrippé à mon siège, je ne distinguais même plus le paysage qui filait derrière les vitres dans une sorte de flou gris-vert. Soudain, un croisement s'est présenté devant nous. Clark a braqué à fond et le véhicule a viré dans un hurlement de pneus. Seules deux roues touchaient encore le sol. Sans la ceinture de sécurité qui me retenait au siège, je serais tombé sur Clark.

Il a poussé un cri de triomphe.

– On les a eus ! Ils l'ont pas vu venir !

Le 4x4 monstrueux a continué tout droit sur sa lancée.

Nous étions enfin débarrassés d'eux.

– On les a semés, s'est félicité Clark. Vrai. Tu dois être dans un sacré pétrin, petit !

Je me suis adossé au siège, réalisant que, pendant toute cette poursuite, j'avais retenu ma respiration. Avec un peu de chance, le 4x4 ne nous rattraperait pas. J'ai serré mon sac contre moi. À l'intérieur se trouvait le document le plus précieux du monde : le texte de l'Énigme Ormond.

J'ai ouvert la fermeture Éclair. J'allais sortir le parchemin pour le lire enfin quand j'ai entendu Clark jurer.

– Qu'est-ce qu'il y a ?

Je me suis retourné. Dans le lointain, au sommet d'une côte, le 4x4 venait de surgir.

Et il gagnait du terrain à vue d'œil.

– Préviens les flics ! a ordonné Clark en me lançant son portable au moment où le monstre reprenait sa place juste derrière nous.

J'ai failli répondre que c'était impossible, mais je me suis ravisé. J'étais le seul responsable de cette situation. Si nous avions un accident, ce serait entièrement ma faute.

J'ai commencé à composer le numéro tandis que Clark s'efforçait de maintenir le pick-up sous contrôle. Il a encore poussé un juron quand un coup de boutoir nous a fait perdre toute adhérence.

Pendant quelques secondes, les quatre roues ont quitté le sol et nous avons volé dans les airs ! Une fois retombés sur le bitume, nous avons dérapé. Secoué comme un prunier dans la camionnette qui zigzaguait dans tous les sens, j'ai lâché le portable.

Dans un ultime effort pour distancer nos poursuivants, Clark a accéléré. Nous ne devions pas être loin d'atteindre les 200 km/h ! À cette vitesse, la moindre irrégularité de la chaussée nous faisait décoller.

Courir ces risques ne servait à rien. Le monstre n'avait aucun mal à nous suivre – il était toujours le plus rapide ! Le conducteur jouait avec nous. Il nous laissait un peu d'avance, dans le seul but de prendre l'élan nécessaire à une nouvelle attaque encore plus dangereuse.

Je me suis penché afin de récupérer le portable de Clark sous mes pieds. Au même instant, un choc violent a fait basculer le pick-up sur le côté gauche. Clark a perdu le contrôle du véhicule. Un dérapage brutal nous a projetés contre le talus du bas-côté de la route sur lequel nous nous sommes renversés dans un bruit de tôle épouvantable avant de foncer à travers les broussailles.

Hurlant de frayeur, nous avons vu des branches pulvériser le pare-brise. Le pick-up a enchaîné les tête-à-queue, glissé sur le flanc et effectué plusieurs tonneaux avant d'atterrir dans une position bizarre.

Pendant ces secondes interminables, j'agrippais mon sac à dos, en repensant aux détonateurs qu'il contenait, redoutant qu'ils n'explosent et nous blessent... si nous sortions vivants de cet accident.

J'ai ouvert les yeux.

La tête en bas, j'étais toujours attaché à mon siège par la ceinture de sécurité et j'entendais de l'eau couler.

J'ai hurlé à nouveau quand le pick-up a recommencé à basculer et à pivoter pour s'immobiliser dans une rivière peu profonde.

En se bloquant, la ceinture m'a coupé le souffle. J'avais l'impression que ma cage thoracique s'était enfoncée pour aller se loger contre ma colonne vertébrale.

Je devais réagir au plus vite.

Après avoir respiré à fond, j'ai constaté que je ne semblais pas blessé, même si mon cœur battait à toute vitesse. Mais soudain, j'ai pris peur. Clark avait disparu. Il avait dû être éjecté. Alors que j'essayais de me dégager, le pick-up a repris sa glissade et s'est enfoncé dans la boue.

Finalement, j'ai réussi à détacher ma ceinture de sécurité, à sortir de la cabine et à escalader le pick-up renversé. J'ai pataugé dans l'eau jusqu'à la portière du conducteur en luttant contre le courant pour voir ce qui était arrivé à mon compagnon.

Il gisait près du véhicule, la moitié du corps sur la berge, mais la tête en contrebas, immergée dans l'eau! Je l'ai vite attrapé par les épaules pour le tirer de là. Je suis parvenu à le déplacer un peu avant de réaliser que la carrosserie bloquait un de ses bras. J'étais incapable de soulever un tel poids, je ne pouvais que retenir sa tête entre mes mains et la tourner de façon à dégager au moins son nez hors de l'eau.

Il était inconscient, mais il respirait. Tant que je lui maintiendrais la tête hors de l'eau, il aurait une chance de survivre. Je n'apercevais aucune blessure grave sur son corps, à part de multiples petites coupures au visage et au cou. Tout à coup, il m'a semblé entendre au loin le grondement du 4x4 monstrueux. Il descendait vers la rivière!

– Réveillez-vous! Clark! Réveillez-vous! ai-je crié en le giflant d'une main.

S'il revenait à lui, il serait sans doute capable de garder la tête hors de l'eau sans mon aide. Je pourrais alors m'enfuir en lui promettant d'appeler une ambulance. Mais ses paupières restaient closes.

Je l'ai frappé plus fort.

– Clark! Réveillez-vous, je vous en supplie!

Je distinguais leurs voix à présent. Ils criaient. D'une minute à l'autre, le sumo et son acolyte seraient là. Ils s'empareraient de moi, m'arracheraient le parchemin de l'Énigme Ormond et trouveraient les dessins de mon père dans mon sac à dos. Ils auraient toutes les pièces du puzzle en leur possession. Et je ne me faisais aucune illusion sur le sort qu'ils me réservaient.

Une fois de plus, j'ai essayé de ranimer Clark en lui assenant une gifle sur la joue et en hurlant son nom. Les craquements des branches brisées s'intensifiaient.

Je pouvais laisser Clark et disparaître dans le bush avec mon sac, le précieux parchemin et les dessins. De cette façon, j'avais une chance de sauver à la fois ma peau et l'Énigme Ormond.

– Clark ! Je vous en supplie, réveillez-vous !

Sa tête demeurait un poids mort entre mes mains.

Seulement, si je me sauvais, je serais obligé de lâcher Clark et il se noierait en quelques secondes dans la rivière.

Le visage de Dep m'est apparu l'espace d'un instant. Je l'ai revu me faisant signe par la fenêtre, chez Oriana de Witt, m'ordonnant de m'en aller, m'assurant qu'il aurait le dessus sur Kevin. Mais que s'était-il passé ?

Non. Plus jamais je n'abandonnerais quelqu'un.

Je ne laisserais pas Clark se noyer.

Un seul et unique choix s'imposait : rester.

Même si j'utilisais la bombe lacrymogène, les autres finiraient par me maîtriser et ensuite ils se débarrasseraient de Cal Ormond, l'ado-psycho.

J'étais coincé. Les malfrats d'Oriana de Witt avaient gagné la partie. Je n'étais pas parvenu à tenir la promesse que j'avais faite à mon père : prendre sa relève jusqu'à percer le mystère des Ormond. J'avais manqué à ma parole, échoué, trahi mon père et ma famille.

En levant les yeux, j'ai aperçu une silhouette un peu plus haut, puis entendu quelqu'un dévaler la pente dans notre direction.

Je n'avais plus qu'à m'accroupir à côté de Clark et à attendre qu'ils arrivent...

Retrouve Cal
et toute l'actualité de la série

sur le site

www.livre-attitude.fr

Cal doit-il risquer sa vie pour sauver Clark ?

Quelle sera la vengeance d'Oriana de Witt ?

Qui saura déchiffrer l'Énigme Ormond ?

Vous le saurez dans

L'auteur

Née à Sydney, Gabrielle Lord est l'auteur de thrillers la plus connue d'Australie. Titulaire d'une maîtrise de littérature anglaise, elle a animé des ateliers d'écriture. Sa quinzaine de romans pour adultes connaît un large succès international.

Dans chaque intrigue policière, elle attache une importance primordiale à la crédibilité et tient à faire de ses livres un fidèle reflet de la réalité.

Elle a suivi des études d'anatomie à l'université de Sydney, assiste régulièrement aux conférences de médecins légistes, se renseigne auprès de sociétés de détectives privés, interroge le personnel de la morgue, la brigade canine ou les pompiers, et effectue aussi des recherches sur les méthodes de navigation et la topographie. Au fil du temps, elle a tissé des liens avec un solide réseau d'experts.

Depuis plusieurs années, Gabrielle Lord désirait écrire des romans d'action et de suspense pour la jeunesse. C'est ainsi qu'est née la série *Conspiration 365*, qui met en scène le personnage de Cal Ormond, adolescent aux prises avec son destin.

PAPIER À BASE DE FIBRES CERTIFIÉES

RAGEOT s'engage pour l'environnement en réduisant l'empreinte carbone de ses livres. Celle de cet exemplaire est de :
484 g éq. CO_2
Rendez-vous sur
www.rageot-durable.fr

Achevé d'imprimer en France en novembre 2012
sur les presses de l'imprimerie Hérissey
Dépôt légal : janvier 2013
N° d'édition : 5752 - 01
N° d'impression : 119627